Más que una secretaria

LEANNE BANKS

HARLEQUIN™

Editado por HARLEQUIN IBÉRICA, S.A.
Núñez de Balboa, 56
28001 Madrid

I.S.B.N.: 978-84-9000-032-8
Depósito legal: B-15825-2011
Editor responsable: Luis Pugni
Preimpresión y fotomecánica: M.T. Color & Diseño, S.L.
C/ Colquide, 6 portal 2 - 3º H. 28230 Las Rozas (Madrid)
Impresión en Black print CPI (Barcelona)
Fecha impresion para Argentina: 19.12.11
Distribuidor exclusivo para España: LOGISTA
Distribuidor para México: CODIPLYRSA
Distribuidores para Argentina: interior, BERTRAN, S.A.C. Vélez
Sársfield, 1950. Cap. Fed./ Buenos Aires y Gran Buenos Aires,
VACCARO SÁNCHEZ y Cía, S.A.
Distribuidor para Chile: DISTRIBUIDORA ALFA, S.A.

Prólogo

No podía dormir.

Brock Maddox miró a la mujer que yacía a su lado en la cama. Ella tenía los párpados cerrados, sus oscuras pestañas ocultaban la sensualidad de sus cálidos ojos azules. Su cabello moreno se esparcía sobre la almohada y sus deliciosos labios estaban hinchados después de haber hecho el amor hacía sólo una hora.

La sábana le cubría los pechos, aunque un pezón rosado asomaba por encima del blanco algodón. Brock había acariciado todo lo que se escondía bajo esas sábanas: cada costilla, cada curva… Sus húmedos y aterciopelados secretos lo habían envuelto y lo habían transportado a otro mundo.

Elle Linton le había llamado la atención desde la primera vez que había entrado en su despacho para una entrevista de trabajo. Temiendo que ella lo distrajera de sus quehaceres, Brock había elegido a otra mujer como secretaria, quien había dimitido sólo un mes después. Elle había sido su siguiente opción.

Ella había demostrado ser la secretaria más observadora que Brock había tenido. Enseguida, había tomado nota de cada una de sus preferencias, desde su sándwich favorito o qué música le resultaba más relajante hasta quién podía interrumpirle y quién no. Después de haber tenido que pasar unas cuantas noches en la oficina hasta tarde alimentándose de bocadillos, ella tuvo el detalle de encargar vino y comida de gourmet. Después de un par de inocentes roces, él había tenido que admitir que la deseaba con locura.

Brock había comenzado, entonces, a soñar con su perfume. Y se había percatado de que ella también lo miraba con deseo y esperanza. Debía haberse resistido, se dijo, recordando la noche en que había cambiado todo entre ellos, como si hubiera tenido lugar hacía apenas cinco minutos...

Eran las seis en punto. Él pensó que era hora de despedir a Elle por ese día y abrió la puerta de su despacho. Ella había estado esperando fuera y, sorprendida, dejó caer al suelo una carpeta que sostenía entre las manos.

–Lo siento –se había disculpado él, agachándose para recoger la carpeta–. No pretendía asustarte.

En ese momento, su perfume lo envolvió en un seductor abrazo. Elle se había tropezado y, de forma instintiva, él la tomó en sus brazos.

Sus ojos se habían encontrado, atraídos por una irresistible corriente eléctrica. Brock se había dejado llevar por la sensación de tener los senos de ella contra el pecho y sus muslos rozándose.

–Lo siento –había susurrado ella, sin dejar de mirarlo.

Elle llevaba una blusa y una falda recta negras con unos zapatos de tacón. Brock no había podido quitarle los ojos de encima a su trasero en todo el día. Si ella hubiera sido otra mujer, él la habría besado sin pensárselo. Le habría desabrochado la blusa, saboreando el contacto de su piel desnuda.

Si hubiera sido otra mujer, le habría levantado la falda y le habría hecho desearlo, luego la habría penetrado hasta…

–Debería… –comenzó a decir él.

Elle cerró los ojos.

–Deberías. ¿Nunca te cansas de esa palabra? –le preguntó ella–. Yo, sí.

Su respuesta sorprendió a Brock. Él sonrió, presa de la frustración.

–Elle…

Ella abrió los ojos, hablándole con la mirada, ofreciéndole en silencio una ardiente invitación.

–Si fuéramos responsables y serios, te trasladaría a otro puesto –dijo él.

–No… –protestó ella.

Brock le selló la boca con un dedo.

–Pero yo…

Él le acarició los labios y ella le recorrió el dedo con la lengua.

–Dime que lo deseas tanto como yo –rogó él, tras maldecir para sus adentros.

Elle le había aflojado la corbata y le había abierto la camisa con fuerza, dejando que los botones cayeran al suelo uno detrás de otro.

–Más.

Entonces, Brock la tomó entre sus brazos y la llevó arriba, a su piso privado, donde habían pasado toda la noche juntos, en la cama.

Brock la observó mientras ella dormía plácidamente. A él se le encogió el estómago al recordar el informe preliminar que le había dado su investigador privado. Iba a reunirse al día siguiente con el detective, que ya le había anunciado en un breve mensaje de texto que Elle podía ser la persona que había filtrado secretos de su empresa, Maddox Communications, a su mayor rival, Golden Gate Promotions.

Brock no había leído el mensaje hasta después de haber hecho el amor. En ese momento, se sentía invadido por la nauseabunda sensación de haber sido traicionado. ¿Sería cierto? Esperaría a saberlo con certeza. Para creerlo, tenía que ver las pruebas con sus propios ojos. ¿Era posible que la mujer que había conquistado su corazón y su cuerpo durante los últimos meses hubiera estado apuñalándolo en secreto por la espalda?

Capítulo Uno

Brock atravesó el pasillo del coqueto edificio de pisos en la Bahía Norte de San Francisco y se preguntó cínicamente cómo podría Elle permitirse un lujo así. Él la pagaba bien, pero no tanto. No, sabía muy bien de dónde sacaba el dinero, se dijo, apretando la mandíbula. Elle, su secretaria y su amante, se había vendido al mejor postor.

Había llegado el momento de la confrontación. Por algo Brock era el director general de la agencia de publicidad más importante de San Francisco.

Intentando controlar su rabia, Brock llamó a la puerta de Elle aquella soleada mañana de sábado. Contó mientras esperaba. Uno. Dos. Tres. Cuatro. Todavía no podía creer que la dulce mujer que había sido su amante hubiera resultado ser una mentirosa de frío corazón. Apretó los puños mientras esperaba. Cinco. Seis. Siete.

La puerta se abrió y la mujer a la que Brock le había hecho el amor con toda su pasión lo miró con la cara pálida. Tenía el pelo revuelto y los ojos muy abiertos.

—Brock —saludó ella, levantando los hombros. Llevaba una bata de seda color marfil—. Creí que querías mantener nuestra relación en secreto —susurró—. ¿Hay alguna emergencia en el trabajo?

—Se podría decir que sí —repuso él—. He descubierto quién es el espía infiltrado en la empresa.

Elle meneó la cabeza con gesto de alarma y de pánico. Se puso todavía más pálida y se tapó la boca.

–Lo siento –dijo ella–. No puedo… –continuó y se interrumpió de golpe, alejándose a todo correr y dejando la puerta abierta.

Desconcertado, Brock la siguió con la mirada. ¿Qué diablos estaba pasando? Entró el pequeño y elegante hall, cerró la puerta tras él y se adentró unos cuantos pasos en el pasillo. Oyó el ruido inconfundible de Elle vomitando y se miró el reloj. A pesar de lo furioso que estaba, se compadeció de ella. No parecía enferma cuando la vio por última vez el viernes anterior.

Minutos después, Elle salió del baño, todavía muy pálida. Lo miró, se llevó la mano a la frente y suspiró, apartando la mirada. Brock la siguió hasta la cocina, decorada en tonos color crema y cobre. El contraste de los claros azulejos de cerámica y sus uñas pintadas de color cereza acentuaba su feminidad. Sin poder evitarlo, él recordó cuando la había tenido desnuda de pies a cabeza, susurrando su nombre una y otra vez mientras la llevaba al clímax.

Brock se obligó a sacarse ese pensamiento de la cabeza.

–¿Desde cuándo estás enferma? –preguntó él.

Elle abrió la nevera, sacó una lata de tónica y se la sirvió en un vaso con hielo.

–No estoy enferma, sólo mareada –repuso ella y, con mano temblorosa, se llevó el vaso a los labios y bebió–. Es sólo por las mañanas… –dijo y se interrumpió, dándole otro trago a la bebida–. No es nada.

Algo en su tono de voz le llamó la atención a Brock. Algo no andaba bien. Estaba mareada. Por las mañanas. De pronto, cayó en la cuenta. Respiró hondo. No es posible, pensó, aunque su intuición le decía lo contrario. Su instinto adivinó lo que él no quería saber. Había aprendido hacía mucho tiempo a no ignorar sus presentimientos. En muchas ocasiones, escuchar su voz interior le había salvado de muchos problemas personales y profesionales.

–Estás embarazada –dijo él.

Ella cerró los ojos y apartó la mirada.

–Elle –llamó él, con el corazón latiéndole a toda velocidad–. No me mientas… aunque sólo sea por esta vez –añadió con un toque de cinismo–. ¿Es mío?

Un agonizante silencio llenó la habitación.

–¿Elle?

–Sí –musitó ella desesperadamente–. Estoy embarazada de ti.

Brock sintió que el corazón se le paraba. Se tragó mil maldiciones. La mujer que lo había traicionado estaba embarazada y el hijo era suyo. Se pasó la mano por el pelo. Había ido a visitarla para cantarle las cuarenta. Todavía quería hacerlo. Nadie engañaba a Brock Maddox. Nadie.

Él apretó los dientes. Había protegido su negocio familiar… y no podía hacer menos por su hijo. El bebé debía llevar su apellido y disfrutar de su legado. Sólo podía haber una salida.

–Debes casarte conmigo.

Elle lo miró, sobresaltada.

–Ni lo sueñes. No querías que nuestra relación se hiciera pública. ¿Por qué iban a ser las cosas diferentes ahora?

–Porque estás embarazada. Todo es distinto ahora.

Elle tomó otro trago de tónica, como si pudiera calmarse con eso, y negó con la cabeza.

–Es una locura. Tú me dejaste muy claro que nuestra relación era sólo una aventura secreta.

Elle lo miró a los ojos un instante. Su rostro mostraba un profundo dolor. Al momento, ella apartó la vista.

–Si queremos hacer lo correcto para el bebé, no tenemos elección. Debemos casarnos y educar al niño juntos –afirmó él, apretando la mandíbula con tensión. Hacía sólo cinco minutos, había estado dispuesto a darle una buena reprimenda a Elle. Él había confiado en ella y ella lo había traicionado a él y a su empresa. Había querido hacerle pagar por su traición. Apretado entre las manos, llevaba un sobre con las pruebas.

Elle se mordió el labio, evitando mirarlo a la cara.

–No puedo… –comenzó a decir ella y se interrumpió. Levantó la barbilla–. No me casaré contigo. Este embarazo no estaba planeado.

A Brock se le encogió el estómago.

–¿No pensarás abortar?

Elle lo miró a los ojos, sorprendida.

–Claro que no –aseguró–. Criaré al niño sola –añadió y se llevó la mano al vientre con gesto protector.

–Sólo quieres de mí apoyo económico ilimitado, ¿verdad? –preguntó él, incapaz de ocultar su indignación.

Elle esbozó un gesto de desconfianza.

–Puedo ocuparme del niño yo sola. No quiero nada de ti, ¿me oyes? –le espetó ella–. Nada.

—Eso es ridículo –replicó él–. Puedo daros…

—Fuera –ordenó ella con voz baja y firme.

Brock parpadeó, atónito ante la expresión decidida de ella.

–¿Cómo dices?

—Fuera –repitió Elle–. No eres bienvenido aquí.

Perplejo por su tajante reacción, Brock meneó la cabeza. Titubeó un momento. Ella parecía muy frágil y no quería disgustarla más.

—Me iré –anunció Brock–. Pero volveré –prometió y salió de su piso, empezando a planear qué haría. Por algo era famoso por tener siempre un plan bajo la manga. Siempre.

Elle contuvo el aliento mientras observaba cómo Brock Maddox se iba. En cuanto oyó la puerta cerrarse, exhaló un suspiro. La invadió una violenta sensación de mareo y le temblaron las piernas. Se agarró a toda prisa a una mesa, con manos temblorosas, y dejó el vaso.

Sólo necesitaba llegar hasta una silla, se dijo a sí misma. Si pudiera sentarse un momento… Con las rodillas temblando, llegó hasta un taburete y se sentó. Respiró, rezando porque la cabeza dejara de darle vueltas.

¿Cómo lo había descubierto él?, se preguntó. Elle había sido muy cuidadosa cuando consiguió llegar a ser su secretaria y se había visto obligada a espiarlo. Había tenido cautela… excepto en lo que se refería a haberse acostado con su jefe. Sus intenciones habían sido honorables. Necesitaba el dinero para el tratamiento de su madre contra el cáncer. Su abuelo le había ofrecido una manera de conseguirlo, a cambio de ayudarle a conseguir su propio objetivo, mucho menos honorable.

Cuando había empezado a trabajar para Brock, Elle se había propuesto comportarse igual que lo habría hecho un hombre. Haría un trabajo excelente en Maddox Communications y, al mismo tiempo, con total desapego, robaría secretos para su abuelo, Athos Koteas.

Elle sintió un amargo sabor en la garganta. De una manera u otra, se había pasado toda la vida a merced de un hombre poderoso. Era cierto que a ella no le había gustado tener que actuar de esa manera, pero se había propuesto jugar sus cartas lo mejor que pudiera. No iba a dejar que su madre muriera a causa de su orgullo o de un sentido de la moral mal entendido en un negocio que carecía por completo de ética.

Sin embargo, no había tenido a Brock en cuenta. Al conocerlo, se había sentido en el epicentro de un terremoto. Nunca había planeado dejarse atraer por él, ni mucho menos irse a la cama con él. Y ni se le había pasado por la cabeza enamorarse.

Elle levantó la vista al escuchar el sonido de pasos en el pasillo. Su madre entró en la cocina. Aunque seguía un poco débil, Suzanne parecía estar mejorando con el tratamiento experimental contra el cáncer.

–Buenos días, mamá –saludó Elle, forzándose a sonreír y ocultando lo disgustada que estaba después de la visita de Brock–. ¿Quieres tortitas con salsa de arándanos para desayunar? –ofreció. Siempre buscaba la manera de levantarle el ánimo a su madre y de ayudarle a ganar peso.

Suzanne negó con la cabeza.

–No pretendas engañar a tu madre, pequeña. He oído toda tu conversación con Brock. Es obvio que estás enamorada de ese hombre. Y no quiero que renuncies a tu felicidad a causa de mi enfermedad.

Elle se apresuró a abrazar a su madre.

–No seas tonta. Tú y yo siempre nos hemos cuidado la una a la otra. Además, siempre supe que lo mío con Brock no podía funcionar. Lo que pasa es que me he dejado llevar –susurró.

–Pero el bebé… –discrepó Suzanne y se apartó para mirar a su hija a los ojos–. ¿Qué vas a hacer con el bebé?

–Soy fuerte –dijo Elle–. Puedo cuidar de mí y de mi niño –afirmó y le acarició la mejilla a su madre–. Tú deberías saberlo. Tú me has ayudado a ser fuerte.

Su madre suspiró, mirándola con preocupación.

–Elle, ese hombre te ha pedido que te cases con él. ¿Sabes lo que yo habría dado por que tu padre me hubiera pedido que me casara con él?

Elle sintió una punzada en el estómago.

–Brock no me lo ha pedido. Me lo ha ordenado, igual que hace en la oficina.

Elle meneó la cabeza, sabiendo que todo entre Brock y ella había cambiado en el momento en que él había averiguado que estaba robando secretos de la compañía. Él nunca la perdonaría por eso, pensó. Nunca confiaría en ella. Y ella se negaba a criar a su hijo en un matrimonio cimentado en la desconfianza y el resentimiento.

–Vamos, mamá –dijo Elle y le dio una palmadita

a su madre en la mano–. Tú y yo tenemos cosas más importantes en que pensar, como en tu salud, el bebé y… las tortitas con salsa de arándanos –añadió, forzándose a sonreír.

Brock pisó el acelerador de su Porsche negro por la autopista, rebasando el límite de velocidad. El corazón le latía a cien por hora. Si no hubiera llegado a intimar con Elle, la habría denunciado legalmente. Ella lo había traicionado.

Inhalando con rapidez, Brock siguió dándole vueltas a lo que había pasado. Seguía sin poder creer que hubiera confiado en ella y se hubiera rendido a su deseo de poseerla. Ella había sido todo fuego y pasión en la cama. Hacer el amor con ella había sido adictivo, había sido algo diferente a todo lo que él había experimentado antes. Eso no lo admitiría nunca ante nadie, se dijo.

Necesitaba ir a algún sitio tranquilo, algún lugar donde pensar cuál sería su siguiente paso. Iba a ser padre.

Guiándose por un impulso, Brock tomó la salida hacia Muir Wood. El enorme y misterioso bosque quizá le serviría para poner sus ideas en orden. Tal vez sus viejos árboles pudieran darle algún consejo.

Aunque poca gente lo sabía, Brock tenía un lado espiritual muy pronunciado. A menudo, a él mismo se le olvidaba, pues la espiritualidad no encajaba en su puesto de director de Maddox Communications. Contra todo pronóstico y a pesar de sus adversarios, él había sido el elegido para mantener en pie el gran gigante de la publicidad.

Brock aparcó junto a la carretera y se bajó del coche. La sombra de los árboles lo rodeó con una tranquilidad que su corazón ansiaba desde hacía tiempo. Respiró hondo, intentando inhalar la paz del entorno, pero sus pensamientos iban demasiado rápido. Cada mañana desde que su padre había muerto, él se había levantado listo para la batalla, a excepción de las mañanas en que había amanecido junto a Elle. Estar con ella le había proporcionado un alivio de la presión constante a que se veía sometido. Ella había conocido de cerca todas esas presiones y no había puesto en tela de juicio su necesidad de mantener en secreto su relación. Elle le había dado la bienvenida con pasión y calor y había sido la única persona en su vida que no le había exigido nada. Al fin, él había descubierto por qué, se dijo, presa de la amargura.

Hasta ese momento, la prioridad de Brock había sido el éxito de la compañía. Pero su vida acababa de cambiar. Dentro de poco tiempo, tendría que proteger a un hijo. Mientras, protegería a la madre de su hijo, Elle… la mujer que lo había traicionado.

Sin embargo, él sabía quién estaba detrás de todo aquel complot: Athos Koteas. Ese hombre no se detendría ante nada con tal de ver en el fango a Maddox Communications, pensó, apretando los labios. Pero, en esa ocasión, había llegado demasiado lejos. Athos, dueño de Golden Gate Promotions, el mayor rival de Maddox Communications, era famoso por sus malas artes y estaba dispuesto a jugar sucio con tal de conseguir su objetivo.

La pacífica soledad del entorno no pudo calmar la furia de Brock. Cada vez estaba más enfadado. Era hora de enfrentarse con Athos en persona.

Brock regresó a su coche, arrancó y condujo hasta casa de Koteas, decidido a saldar las diferencias entre Golden Gate Promotions y Maddox Communications.

Athos vivía en Nob Hill, cerca de la casa familiar de Brock. Detuvo el coche delante de la enorme mansión rodeada de buganvillas.

Tras subir las escaleras que conducían a la puerta principal, llamó al timbre. Un momento después, una mujer vestida con un traje de chaqueta negro abrió la puerta.

–Hola. ¿Puedo ayudarle en algo?

–He venido a ver al señor Koteas.

–¿Tiene cita?

–Me recibirá –aseguró él–. Me llamo Brock Maddox.

La mujer lo observó con atención y lo guió a una sala de estar con varios sillones. Pero Brock no tenía ganas de sentarse. Poseído por la rabia, comenzó a dar vueltas por la habitación. Oyó pasos y se giró. Allí estaba Athos, un hombre bajo y fornido, con el pelo plateado y una fiera mirada.

–Buenos días, Brock –saludó Athos, arqueando una ceja–. Qué placer tan inesperado.

Brock apretó los puños.

–Tal vez no. Sé que has estado intentando destruir Maddox Communications. Sabía que no eras un hombre de honor, pero nunca pensé que utilizarías a tu propia nieta para hacer el trabajo sucio.

Athos se puso tenso. Parecía confundido.

–¿Nieta? ¿Qué nieta?

–No es necesario que finjas –dijo Brock–. Elle Linton es tu nieta. Pero no quieres hacerlo público, ¿verdad? Es hija ilegítima de tu hijo.

–No es raro que los hijos decepcionen a los padres –replicó Athos, encogiéndose de hombros–. Elle es muy prometedora. Es muy inteligente.

–Y mañosa, igual que tú –apuntó Brock con un nudo en la garganta–. No te importa que los demás se ensucien las manos, con tal de conseguir lo que quieres.

–No he llegado a la cima evitando enfrentamientos –señaló Athos, con mirada suspicaz–. Tú también eres un hombre de éxito. Nos parecemos más de lo que crees.

Brock no podía estar más furioso. Apretó los puños de nuevo, conteniéndose para no usarlos para bajarle los humos a Athos.

–No lo creo. Yo no obligaría a mi nieta a hacer algo ilegal por mí.

–Yo no la obligué…

–Y su embarazo… ¿también era parte de tu plan?

Athos no pudo ocultar su sorpresa.

–¿Embarazo? ¿De qué estás hablando?

–Elle está embarazada de mí.

Athos se puso pálido. Meneó la cabeza.

–No. Ella no debía…

Athos siguió negando con la cabeza y el color de su piel pasó del blanco al gris. Comenzó desvanecerse.

Brock lo observó con incredulidad y se lanzó hacia él para sujetarlo antes de que llegara al suelo. Se quedó perplejo al tener entre sus brazos el cuerpo inerte de su adversario.

–¡Llamen una ambulancia! –gritó Brock–. ¡El señor Koteas está enfermo!

***

Elle entró corriendo en el hospital, con el corazón en la garganta. Sólo se había sentido tan preocupada una vez antes, cuando había descubierto que su madre tenía cáncer. Aunque Athos nunca le había demostrado afecto, ella se sentía en deuda con él por su apoyo económico a su madre y a ella.

Brock le cortó el paso cuando se dirigía al mostrador de información. Elle dio un traspiés y se quedó sin respiración al verlo. Luego, recordó que el ama de llaves de su abuelo le había contado que Brock estaba con él cuando se desmayó.

Brock alargó una mano para tocarla, pero Elle se apartó.

–Tú –dijo ella con tono acusador–. Tú eres el culpable. Has hecho que mi abuelo tuviera un ataque al corazón.

Brock negó con la cabeza.

–No tenía ni idea de que su salud fuera tan delicada –afirmó él y la agarró del brazo con suavidad–. No dejaré que te enfrentes a esto sola. No quiero que te disgustes.

–¿No quieres que me disguste? –replicó ella, apartando el brazo con rabia–. ¿Cómo? ¿Te das cuenta de lo que has hecho? Nunca te lo perdonaré. Nunca.

Con el estómago encogido, Elle llegó ante el mostrador de información.

–He venido a preguntar por Athos Koteas –dijo ella, a pesar del nudo que tenía en la garganta–. ¿Está...? ¿Cómo está? –susurró.

La enfermera la miró amablemente.

–¿Cuál es su nombre?

–Elle. Elle Linton –repuso ella, conteniendo la respiración.

—Venga por aquí. El señor Koteas ha estado preguntando por usted.

Con un mal presentimiento, Elle siguió a la enfermera hasta la última habitación del pasillo. Dentro estaba su abuelo, conectado a un montón de tubos y monitores. Él siempre le había parecido tan fuerte…

La enfermera asintió.

—Puede usted pasar.

Elle entró despacio y se acercó a la cama. Su abuelo estaba pálido y tenía el rostro contraído. Tenía revuelto el pelo, que siempre solía llevar perfectamente peinado, y los ojos cerrados. La bata verde que le habían puesto enfatizaba su palidez.

—Athos —murmuró ella. Hacía muchos años, le habían enseñado que no debía llamarlo abuelo. Durante mucho tiempo, su madre y ella sólo habían sido para Athos un recuerdo de lo mucho que su hijo lo había decepcionado.

Su abuelo abrió los ojos.

—Elle —dijo él y levantó la mano.

De inmediato, ella se la tomó entre las suyas.

—Siento mucho lo de Brock —afirmó ella, sin poder ocultar su desesperación—. Cuando me llamó para decirme que estabas en el hospital, temí que hubiera ido a tu casa para acusarte —añadió, meneando la cabeza—. Si es culpa suya que hayas tenido un ataque…

—No, no —le interrumpió Athos. Sus ojos mostraban una profunda preocupación—. Brock Maddox no es responsable de mis problemas cardíacos.

—Pero no si hubiera ido a tu casa… —insistió ella.

Athos le apretó las manos y se encogió de hombros.

–Habría pasado antes o después –señaló él–. No es la primera vez –explicó, mirándola a los ojos–. Ni será la última.

Una ácida mezcla de confusión y miedo se apoderó de Elle.

–¿Qué quieres decir? ¿De qué estás hablando? Siempre has sido fuerte y sano.

Athos suspiró.

–Mi médico me dijo que no me quedaba mucho tiempo. Tal vez pueda tener aspecto de estar fuerte, pero mi corazón es débil.

–Bueno, seguro que se puede hacer algo. Deberías pedir una segunda opinión.

–Elle –la increpó él–. He recibido los mejores cuidados médicos. No se puede hacer nada más. La razón por la que te pedí que espiaras a Maddox es porque quería que Golden Gate Promotions fuera una empresa sólida antes de…

A Elle se le puso un nudo en la garganta y negó con la cabeza.

–No vas a morirte –dijo ella–. Sólo necesitas recuperar tus fuerzas.

Athos esbozó una triste sonrisa.

–Yo lo he aceptado. Tú también debes hacerlo –dijo él, respiró hondo y cerró los ojos–. Siento haberte implicado en mis planes. Brock tenía razón. No debí haberte pedido que te ocuparas del trabajo sucio.

–Disculpe –llamó la enfermera detrás de Elle–. Tenemos que llevar al señor Koteas a la unidad de cuidados intensivos. Tiene que regresar a la sala de espera.

Elle besó a su abuelo en la mejilla y se dirigió a la sala de espera. Le sorprendió encontrar a Brock allí parado. La recorrió una mezcla de sentimientos contradictorios . Él había sido tantas cosas para ella… jefe, amante, enemigo. Y padre de su hijo.

Entonces, Elle recordó lo que su abuelo le había dicho. Si él iba a morir pronto, el futuro de su madre tampoco estaría asegurado. ¿Iba a perder a las dos personas más importantes de su vida? El pánico la atravesó como un aguijón. Intentó obligarse a respirar, pero no pudo. De pronto, se sintió mareada y la imagen de Brock se le difuminó delante de los ojos.

—Elle —dijo Brock, acercándose con el rostro tenso y preocupado—. Elle.

Y todo se volvió negro.

Capítulo Dos

Alarmado, Brock sostuvo a Elle en sus brazos.

–Elle –la llamó de nuevo y maldijo para sus adentros.

Ella intentó abrir los ojos y movió la cabeza, como para recuperar las fuerzas.

–Brock –murmuró ella.

–Voy a llevarte a mi casa –afirmó él.

–No –repuso ella y movió la cabeza de nuevo–. No debería. Yo…

–No acepto negativas. Ya te has llevado bastantes disgustos por hoy. Necesitas descansar. Mi casa es el mejor lugar para eso.

Elle suspiró y se mordió el labio, atravesada por un cúmulo de sentimientos contradictorios.

–Bien –aceptó ella, aunque con reticencia.

Brock la condujo a su coche y la llevó a su hogar familiar en Nob Hill. La ayudó a subir las escaleras de la casa en la que había crecido. Él pasaba la mayor parte del tiempo en el apartamento que se había construido en la sede de Maddox Communications, pero no le pareció que ése fuera un lugar adecuado para Elle, sobre todo en su frágil estado.

–Nunca me habías traído antes aquí –comentó ella–. Es muy bonito.

–Quería actuar con discreción contigo.

–¿Y ahora? –preguntó ella, deteniéndose.

Él le apartó un mechón de pelo de la cara.

–Ahora es distinto.

–Por el bebé.

–Hay que actuar con más responsabilidad cuando se trata de un bebé –repuso él–. Podemos hablar luego. Entra. Tienes que descansar.

Brock abrió la puerta principal y Anna, el ama de llaves, se apresuró a recibirlos.

–Señor Maddox, ¿puedo ayudarlo?

–Anna, ésta es Elle Linton. Ha tenido un día muy difícil. Me gustaría que descansara.

–¿En el dormitorio azul? –sugirió Anna–. Está en esta planta.

Brock asintió.

–Perfecto. ¿Está en casa la señora Maddox?

–No, señor. Creo que su madre está en París en estos momentos –indicó Anna.

«Gracias al Cielo», pensó él. Le gustaría que su madre se fuera a vivir a otra parte, pero sabía que ella no quería. Hacía tiempo, había aprendido que su madre era una mujer sin corazón que se había casado con su padre por el dinero y le había dado dos hijos porque eso había sido lo que se había esperado de ella. Desde que su padre había muerto, su madre había buscado todos los modos posibles para sacarles dinero a él y a su hermano Flynn.

Brock guió a Elle al dormitorio azul, en la parte trasera de la casa.

–Creo que aquí estarás cómoda –dijo él, mientras Anna bajaba las persianas y corría las cortinas.

–Sabes que no puedo quedarme –señaló ella, sentándose en la cama–. Sólo he venido porque hoy ha sido un día de locos.

–Lo sé –afirmó él, aunque sus intenciones eran

diferentes–. Anna, por favor, trae un poco de agua a la señorita Linton. O zumo.

Elle meneó la cabeza.

–Agua –dijo ella y cerró los ojos. Respiró hondo y los abrió, como si estuviera luchando contra el mareo.

–Quítate los zapatos y descansa –indicó él cuando Anna se hubo ido–. Es lo mejor para ti y para el bebé.

Elle se quitó los zapatos y se tumbó.

–Será sólo un rato –le advirtió ella, mientras se le cerraban los párpados por momentos.

–Métete debajo de las sábanas –ordenó él–. Anna te dejará el agua en la mesilla. Tienes que descansar, Elle. Cierra los ojos.

Ella hizo lo que le decía, suspirando.

–Será sólo un rato…

Brock observó cómo, en cuestión de segundos, la respiración de ella alcanzaba un ritmo más profundo y regular. No fue capaz de apartar la mirada de ella. Al verla en su casa, algo en su interior se estremeció. Creyó que su corazón había muerto cuando su prometida lo había dejado. Y había planeado mantener sólo una aventura con Elle. Pero, al saber que ella esperaba un hijo suyo, todo cambiaba. Incluso su resentimiento hacia ella.

Necesitaba irse de allí cuanto antes, se dijo él. Si seguía contemplando aquel rostro tan bello y sus labios entreabiertos…

Obligándose a apartar la mirada, Brock salió de la habitación y llamó a la oficina.

***

Horas después, Elle se despertó en la penumbra. La cama y los muebles no le resultaban familiares. Se apoyó en los codos, incorporándose, confundida y somnolienta. Entonces, vio a Brock sentado al otro lado de la habitación, con un libro electrónico entre las manos.

Él levantó la vista.

—¿Estás bien?

Entonces, Elle recordó lo que había pasado: la terrible escena en la cocina con Brock y el ataque al corazón de su abuelo. El pánico la invadió. Apartó las sábanas y apoyó los pies en el suelo.

—Tengo que llamar a mi madre y a mi abuelo.

Brock se apresuró a su lado y le puso las manos sobre los hombros.

—Ya lo he hecho. Tu madre va a acostarse temprano. Dijo que tú debías hacer lo mismo. Has estado demasiado estresada últimamente. Athos está descansando cómodamente en la unidad de cuidados intensivos. Si sigue mejorando, lo trasladarán a una habitación en la planta de cardiología mañana.

A pesar de la tensión que sentía delante de Brock, Elle no pudo negar lo reconfortante que era su contacto y su tono seguro.

—¿De verdad? —preguntó ella—. ¿Seguro que están bien?

—Sí —afirmó él y miró el reloj—. Es tarde, pero igual tienes hambre.

Elle soltó un grito sofocado cuando vio la hora.

—Oh, cielos, son las nueve y media. No puedo creer que haya dormido tanto. Tengo que irme a casa.

—Esta noche no —indicó él con firmeza.

–¿Qué quieres decir?

–Quiero decir que estoy de acuerdo con tu madre. Has estado demasiado estresada. Tienes que descansar. Y éste es el mejor sitio para relajarse.

–Oh, es una locura. Estoy bien.

–Ya. Por eso te mareaste en la sala de espera del hospital –señaló él, manteniéndole la mirada.

Era difícil discutir eso, pensó Elle, suspirando. Igual que le había resultado difícil resistirse a la atracción que sentía por Brock desde que lo había conocido.

–Vamos, busquemos algo para que comas –dijo él, colocándole un mechón de pelo detrás de la oreja–. Con el estómago vacío, puedes marearte otra vez.

A ella se le aceleró el pulso cuando la tocó y se sintió mareada. Cielos, no podía perder el conocimiento de nuevo…

–Quizá me vendría bien un tentempié. Una tostada estaría bien –aseguró ella.

–¿Sólo? Puedes comer todo lo que quieras. Un filete de pollo –señaló él, acompañándola fuera del dormitorio.

Al pensar en carne, a Elle se le revolvió el estómago.

–Sólo algo ligero, por favor. Yo misma puedo preparármelo.

–No. Anna lleva horas esperando para poder prepararte algo. Dice estabas muy pálida cuando llegaste.

–No quiero causar molestias –repuso Elle, caminando por el pasillo, a su lado. Miró a su alrededor, apreciando la decoración. Había lujosas antigüedades, preciosas alfombras y exquisitas cortinas. Había bellos espejos, que reflejaban los brillos de las lámparas de araña del techo.

–Esto es impresionante. Debe de ser como vivir en un palacio –comentó ella–. Las antigüedades son...

–De mi madre –le interrumpió él con tono cortante–. Como sabes, no suelo pasar mucho tiempo aquí. Me siento más a gusto en el piso que tengo encima de la oficina.

–Ah –dijo ella–. Es bonito, pero entiendo que te sea difícil relajarte aquí. Yo temería tropezarme con algo y romper sin querer una lámpara de un millón de dólares.

–Ésa sería una buena manera de quitar trastos de en medio –señaló él riendo, mientras el ama de llaves se acercaba–. Anna, la señorita Linton dice que quiere una tostada.

Anna asintió, tratando de ocultar su desaprobación.

–¿Con hebras de cordero o de pavo y patatas hervidas? ¿Cangrejo, tal vez?

Elle negó con la cabeza.

–Sólo mantequilla y mermelada.

Anna suspiró.

–Si es lo que quiere, señorita Linton... ¿Quiere un poco de leche?

–Zumo de naranja con hielo y agua –contestó Elle.

Anna asintió de nuevo.

–Se lo llevaré al comedor dentro de un momento.

Cuando Anna se hubo ido, Elle se giró hacia Brock.

–¿No querrá que me coma una tostada en el comedor, verdad?

–Hay una mesa para desayunar en el cuarto de estar, si lo prefieres –ofreció él, riendo.

–Suena bien –respondió ella y lo siguió hasta allí.

Unas grandes ventanas dejaban ver el cielo de San Francisco, que esa noche estaba lleno de estrellas, y enmarcaban un jardín salpicado de árboles adornados con luces blancas. Elle se sentó en una silla junto a una mesa de cristal que tenía un jarrón con flores frescas. Miró a su alrededor y dejó escapar un suspiro de alivio.

–Me gusta esta habitación.

–A mi padre también le gustaba –dijo Brock y se sentó a su lado–. Era su favorita. Se levantaba antes del amanecer y leía dos periódicos aquí antes de ir a trabajar cada día. Carol quiso redecorarla, pero yo me negué. Ha reformado algunas habitaciones de la casa, pero ésta, no.

–¿Por qué llamas a tu madre Carol?

–Es su nombre.

–Bueno, pero la mayoría de los hombres llaman «mamá» a la mujer que les dio la vida.

La expresión de él se tornó indescifrable.

–Siempre ha sido más Carol que mamá. Para ella, tener hijos fue una obligación.

Elle soltó un grito sofocado.

–Me parece horrible que digas algo así.

Brock miró hacia la puerta.

–Aquí viene tu tostada. Gracias, Anna.

Elle también le dio las gracias a Anna y empezó a mordisquear el pan caliente con mantequilla. En la bandeja, había varias clases de pan a elegir. En otra ocasión, ella habría elegido el de centeno, pero prefirió ir directa al de trigo blanco. Al diablo la dieta. Desde que se había quedado embarazada, sólo quería carbohidratos y más carbohidratos. Menos mal que también tomaba vitaminas.

Luego, le dio un trago al zumo de naranja, notando cómo Brock la observaba. Su presencia le hacía sentir nerviosa de una manera excitante y prohibida. Incluso a pesar de la horrible escena de esa mañana. Ella apartó la mirada, frunciendo el ceño.

—¿Mermelada? —ofreció él.

Elle negó con la cabeza y le dio otro mordisco a la tostada.

—Así está bien.

Él sonrió, pero su sonrisa sólo duró una milésima de segundo.

—¿Desde cuándo sabes que estás embarazada?

A Elle se le cerró la garganta justo cuando iba a tragar y tosió. Tomó otro trago de zumo.

—Bueno, últimamente mis periodos no habían sido muy regulares.

—No has respondido mi pregunta.

Ella se mordió el labio inferior.

—Comencé a sospecharlo hace seis semanas.

Él arqueó las cejas.

—¿Seis semanas?

—Desde entonces, tengo muchas nauseas. Al principio, pensé que sería un virus —explicó ella y se encogió de hombros—. O por el estrés. No quería hacerme el test de embarazo, aunque empecé a tomar vitaminas. No quería aceptarlo —reconoció. No había podido creer que se hubiera quedado embarazada de Brock y no había sabido qué hacer si el test daba su estado por confirmado.

—Entonces, ¿de cuánto estás?

–De tres meses y medio –contestó ella–. He ido al médico hace dos semanas. Me dijo que las náuseas pasarían pronto. Pero no se me han pasado.

–¿Por qué no me lo contaste?

–No sabía cómo hacerlo. Ensayé decenas de formas de decírtelo y ninguna me parecía la adecuada –señaló ella. Entonces, sintió un retortijón en el estómago y dejó la tostada en el plato–. Ya estoy llena.

–Apenas has comido –protestó él.

–No tengo hambre –afirmó ella, meneando la cabeza.

–¿Y qué pasa con tu salud? ¿Y con el bebé?

–Lo hago lo mejor que puedo y estoy tomando vitaminas. Según creo, han nacido sanos bebés cuyas madres comían menos que yo –replicó ella y se puso en pie–. Tengo que irme a casa.

Brock se levantó también, cortándole el paso.

–No. Quédate aquí esta noche.

Elle negó con la cabeza. Él posó las manos en su cara y le colocó el pelo detrás de las orejas.

–Necesitas descansar. Cuando te levantes por la mañana, te sentirás mejor. Confía en mí.

Elle lo miró a los ojos. Su corazón se estremeció con sentimientos contradictorios. Se había pasado los últimos meses viendo cómo ese hombre devoraba a sus competidores durante el día y hacía que ella se derritiera entre sus brazos por las noches. Era un hombre apasionado. Sin embargo, ella había intentado convencerse de que lo que ambos sentían cuando hacían el amor era sólo físico. Pero sabía que no era cierto. Sabía que se había enamorado de Brock.

A pesar de que había dormido durante cinco horas, Elle seguía exhausta. No podía combatir con el sueño y con sus sentimientos al mismo tiempo.

–De acuerdo, pero me iré por la mañana.

Un brillo indescifrable asomó a los ojos de Brock y ella deseó poder leer sus pensamientos. Sabía que podía ser un hombre peligroso.

–Haces muy bien en darte un respiro, Elle. Deja que te acompañe a tu habitación.

Elle suspiró de alivio mientras él la guiaba, con una mano alrededor de su cintura. Será sólo temporal, se dijo ella, así había sido siempre su relación. De todos modos, Brock había sido un remanso de sosiego para ella, igual que ella lo había sido para él. Era una pena que todo hubiera terminado con tanta brusquedad, pero ella siempre había sabido que no había otro final posible para su relación.

Brock abrió la puerta del dormitorio.

–Anna te ha traído más agua. Llama si necesitas algo. Dulces sueños –dijo él y le dio un suave beso en la frente.

Cuando Elle se levantó a la mañana siguiente, el sol bañaba la habitación. Saboreó la firmeza perfecta del colchón y las suaves sábanas de algodón. Incluso la almohada tenía la elevación perfecta para cabeza. Suspiró satisfecha, inhalando el suave aroma a eucalipto y lavanda que impregnaba la habitación.

Poco a poco, se fue desperezando y, de pronto, pensó en su madre. Debía llamarla. Tres segundos después, se acordó de su abuelo. Frunciendo el ceño, abrió los ojos de golpe. Debía llamarlo también.

Sentándose en la cama, Elle recordó que estaba en la casa de Brock en Hill Nob. Debía irse de allí. Se levantó, sintiendo la suave alfombra bajo los pies, y corrió al baño para ducharse y vestirse. Sin embargo, al terminar la ducha, las nauseas habían hecho presa en ella.

Maldición.

Elle se vistió sin dejar de respirar hondo y salió al pasillo. Siguió el sonido de voces y encontró a dos personas hablando en la cocina.

—Buenos días —dijo ella.

Anna y un hombre que Elle no conocía se giraron para mirarla.

—¿Señorita Linton? —dijo Anna—. ¿Le preparo el desayuno? ¿Huevos con patatas y beicon?

Elle contuvo una arcada.

—Infusión y tostada, por favor. ¿Puede decirme dónde está el señor Maddox?

—En la sala de estar. Le gusta leer el periódico allí por la mañana —respondió Anna, sonriendo—. ¿Quiere que le lleve allí la tostada y la infusión?

—Sí, muchas gracias.

Como Anna había dicho, Brock estaba sentado en una silla bañada por el sol, leyendo el periódico. De pronto, Elle tuvo un golpe de timidez. Se había quedado en el apartamento de Brock en el edificio de la empresa varias veces, pero él nunca la había llegado a su hogar familiar. Al ver en la casa donde había crecido, las diferencias entre ellos se hacían más notorias. Él era un hombre rico y un hijo legítimo. Ella, no.

Qué tonta, se dijo. Sólo necesitaba volver a su casa.

—Brock.

De inmediato, él se giró y posó en ella sus increíbles ojos azules.

–Buenos días. ¿Has dormido bien?

–Sí –repuso ella–. Tengo que volver a casa.

–¿Cómo está tu estómago?

–Ha estado peor.

–¿Y las náuseas mañaneras?

Ella tragó saliva.

–Pasarán.

–¿Por qué no te sientas y dejas de presionarte?

–Tengo cosas que hacer.

Brock tomó una hoja de papel de la mesa y se la tendió.

–Toma. Tal vez esto te ayude a tomarte un respiro.

Ella miró la nota de prensa. Anunciaba el compromiso y boda de Elle Linton y Brock Maddox.

–Dime que no la has enviado –pidió ella, sentándose.

–La hice pública anoche.

Elle tomó aliento e intentó controlar el mareo.

–¿Por qué?

–Tú sabes que es lo correcto –contestó él, mirándola a los ojos–. ¿De veras quieres tener un hijo ilegítimo? ¿No crees que el bebé se merece más?

Ella cerró los ojos, respirando hondo, con el corazón partido.

–No nos casaríamos por las razones adecuadas.

–¿Qué mejor razón hay que nuestro hijo? –preguntó él, frunciendo el ceño–. Estás pálida. ¿Quieres agua?

Elle meneó la cabeza.

–Estoy mareada –dijo ella y salió corriendo al baño.

Cuando se le hubo asentado un poco el estómago, Elle se limpió la cara con una toallita húmeda y se lavó los dientes. Luego, se sentó en una silla en el dormitorio azul donde había dormido la noche anterior. Intentó calmarse, pero sus pensamientos iban a toda velocidad. ¿Casarse con Brock Maddox? No podía hacerlo, se dijo. Al mismo tiempo, se preguntó cómo podría zafarse de esa situación después de que él ya había hecho pública la nota de prensa. ¿Qué podía hacer?

Su corazón se aceleró cuando alguien llamó a la puerta.

–¿Elle? ¿Estás bien? –preguntó Brock.

La verdad era que no, pensó ella y se levantó para abrir la puerta. Él la miró con preocupación.

–Si te mareas tan a menudo, es mejor que vayas al médico –aconsejó él.

–Bueno, hay que admitir que han sido veinticuatro horas muy duras para mí –repuso ella con tono áspero–. ¿Por qué has anunciado nuestro matrimonio cuando yo te había dicho que no quería casarme contigo?

–Porque estoy pensando en nuestro hijo. El bebé se merece lo mejor que pueda darle y creo que no un hombre no debe escapar de sus responsabilidades.

Como había hecho su padre, pensó Elle y tuvo que admitir que no quería que su hijo sufriera la vergüenza que ella había padecido durante la mayor parte de su vida. ¿Cuántas veces le habían preguntado por su padre y había tenido que responder que no tenía?

–Va todo demasiado rápido.

Brock apretó la mandíbula.

–A mí no me lo parece –dijo él–. Cuando se sepa lo de tu embarazo, quiero que lleves ya la alianza y que estés viviendo en mi casa.

Ella frunció el ceño y tuvo otro retortijón.

–¿Sólo te importan las apariencias?

–No. Lo que me importa es hacer las cosas bien. Quiero que el bebé y tú estéis protegidos –afirmó él y suspiró–. Tienes razón. Va todo muy rápido, pero es necesario. Si soñabas con celebrar una gran boda, me temo que no vamos a tener tiempo para organizarlo.

–Nunca he imaginado que me casaría a lo grande. Si alguna vez he pensado en ello, lo que no ha sido a menudo, siempre soñé con una pequeña boda en la playa –señaló ella–. Pero eso no puede ser, así que…

–Sí puede ser –replicó él, mirándola a los ojos–. Yo puedo hacerlo. ¿Quieres comprarte un vestido y flores?

–No, no es necesario –negó ella, sintiéndose confundida por su consideración.

–Fijemos la fecha para dentro de una semana. Pídele a alguien de confianza que vaya de compras contigo y elige flores. Puedes pagarlo con mi tarjeta.

–No, yo…

–Insisto –dijo él, tomándole la mano.

Elle lo miró a los ojos.

–Vamos a dar un gran paso, Elle. Puede que no sea lo que habíamos planeado, pero saldrá bien. No hay razón para que te sientas mal.

¿Y él?, se preguntó Elle. Brock estaba insistiendo en casarse con ella, pero ¿cuáles serían sus verdaderos sentimientos? Sobre todo, después de haber averiguado que lo había traicionado por su abuelo. Brock todavía no sabía lo del tratamiento de su madre y ella no quería contárselo. Tal vez, parecería sólo una excusa. ¿Pensaría él que lo había seducido para sacarle información? La verdad era que enamorarse y acostarse con él no había sido parte del plan.

–¿Cómo puede salir bien? Mi historia familiar y la tuya no son muy halagüeñas –señaló ella.

–Tú y yo haremos que funcione –afirmó él–. Tenemos una buena razón para hacerlo.

–¿Y qué pasa con lo que hice al robar secretos de la compañía?

–Eso pertenece al pasado –repuso él con firmeza, apretando la mandíbula–. Tenemos que ocuparnos del presente y mirar hacia el futuro.

Sin embargo, la expresión de Brock decía lo contrario y Elle se preguntó si él podría llegar a perdonarla algún día.

Al salir del ascensor en la oficina de Maddox Communications en Powell Street, Brock sintió el peso de la responsabilidad. Podía ser difícil de creer, pero incluso el edificio de siete plantas donde estaba la oficina, construido en 1910, habría sido demolido si no hubiera sido por la determinación de su padre de restaurarlo. Esos días, la zona de recepción tenía un aspecto por completo diferente a como había sido en vida de James. Siguiendo con la costumbre de su padre de hacer uso de las nuevas tecnologías, había encargado dos pantallas de plasma de setenta pulgadas, una para cada extremo de la mesa de recepción, que mostraban vídeos y anuncios producidos por Maddox Communications.

Brock saludó con una inclinación de cabeza a la recepcionista y se dirigió al pasillo. La mesa de Elle estaba vacía a la entrada de su despacho. No había necesitado despedirla ni pedirle que dimitiera. Ella había sabido que no era bienvenida en la oficina.

Brock se sintió recorrido por una extraña sensación de nostalgia y rabia. Desde el primer día que Elle había empezado a trabajar para él, le había inspirado una confusa mezcla de sentimientos.

Si hubiera sido más listo, tal vez no se habría mezclado con ella. Pero Elle era inteligente y cálida y sus ojos azules lo habían seducido después de que su prometida le hubiera abandonado. Cuando se habían rendido a la atracción que los unía, Elle no le había pedido nada. Con eso, sólo había conseguido que él la deseara todavía más.

Su lujuria podía haber hecho que la agencia que su padre había fundado se hundiera. ¿Cómo podía Elle haberlo engañado de esa manera? ¿Cómo podía haberlo cautivado así con sus besos y su pasión?

Brock pensó, entonces, en el abuelo de Elle y se preguntó si él habría hecho lo mismo por su padre si se lo hubiera pedido. Al instante, supo la respuesta. Él habría hecho cualquier cosa por su padre, porque su padre siempre le había ofrecido amor y lealtad incondicionales.

Dejando de lado un mar de sentimientos contradictorios, Brock entró en su despacho, que antes había pertenecido a James Maddox. Él lo había cambiado muy poco desde la muerte de su padre. De alguna manera, al mantener los mismos muebles, se sentía como si su padre todavía siguiera cerca. El fundador de Maddox Communications, sin embargo, se revolvería en su tumba si supiera que su hijo se había acostado con su secretaria, que además era la nieta de Athos Koteas.

Brock llamó al director de recursos humanos para que le enviara otra secretaria. Hizo énfasis en que debía ser alguien de confianza y no pudo evitar sentir una profunda amargura. Se pasó los dedos por el pelo y se tomó un tiempo para revisar su agenda de prioridades. Todavía estaba por cerrar el trato con el grupo Prentice. Casarse con Elle disiparía cualquier objeción que su conservador cliente tuviera respecto a su relación con una trabajadora de la empresa.

Brock maldijo para sus adentros. Esa semana había sido una pesadilla. Descubrir que Elle lo había traicionado ya había sido lo bastante terrible, pero enterarse de su embarazo lo había desarmado por completo. Aunque no estaba seguro de poder volver a confiar en ella jamás, haberla tenido en su casa lo había conmovido en cierta manera. Ella había hecho que su casa le pareciera más un hogar.

La prometida anterior de Brock lo había dejado porque él dedicaba todo su tiempo al trabajo y no tenía tiempo para su vida personal. Aunque no estaba enamorado de Elle, sí sentía algo por ella. Eso, unido al hecho de que estaba embarazada de él, eran razones más que suficientes para esforzarse en legalizar su situación.

Le sonó el móvil y, al mirar el identificador de llamadas, comprobó que era su hermano Flynn. Lo más probable era que le hubiera llegado la noticia de la nota de prensa.

–Brock al habla.

–Supongo que tengo que felicitarte –dijo Flynn–. Ha sido muy repentino.

Brock se sintió un poco incómodo. Desde que su hermano se había casado y había dejado de estar tan implicado en la empresa, él lo había echado mucho de menos.

–Ya me conoces. Cuando tomo una decisión, actúo rápido.

–Ya lo creo. ¿Vas a casarte mañana?

–No, la semana que viene –repuso Brock–. En la playa. Me gustaría que asistierais.

Hubo un silencio.

–Gracias. Es un honor.

–Te daré los detalles después. ¿Cómo está Renné? –preguntó Brock, refiriéndose a la esposa de su hermano.

–Felizmente embarazada –contestó Flynn con orgullo. Brock sintió un poco de envidia. Él no podía afirmar que a Elle le hiciera feliz ser madre de su hijo. –Está muy contenta porque va a ir a la fiesta que hacen en honor del bebé de Jason y Lauren Reagert la semana que viene.

Brock asintió. Parecía que todo el mundo tenía bebés últimamente. Jason era uno de sus empleados en Maddox, con mucho talento, y se había casado con Lauren para evitar el escándalo. Sin embargo, Jason y Lauren no habían tardado mucho en enamorarse. Él no esperaba que le pasara lo mismo, pero estaba decidido, al menos, a intentar que su matrimonio funcionara.

–Me alegro de que les vaya bien –comentó Brock.

–¿Tú crees que tu matrimonio conseguirá sacarte de la oficina a tu hora por una vez?

Brock soltó una cínica carcajada.

–¿A mi hora? No llegará ese momento hasta que no esté seguro de que Golden Gate no pueda hacer más daño a Maddox –señaló Brock. Ni siquiera sabía cuánto le había contado Elle a Koteas y no había querido preguntárselo en su estado.

–De acuerdo, hermano, pero no olvides vivir la vida. Nos vemos la semana que viene.

–Hasta pronto, adiós.

Brock colgó el teléfono. Miró por la ventana de su despacho a los viandantes y los tranvías en constante movimiento. Recordó las palabras que su padre le había dicho en una ocasión cuando había estado soñando despierto en vez de terminar un trabajo para la escuela: «El mundo no se detendrá sólo porque tú tengas problemas».

Era muy cierto, pensó él, obligándose a concentrarse. Acto seguido, descolgó el teléfono para llamar a un joyero.

Capítulo Tres

Elle pasó todo el día en casa de su madre y con su abuelo en el hospital. Cuando le había dicho a Suzanne que, al final, iba a casarse con Brock, su madre se había alegrado mucho.

Elle seguía sin poder creerlo. Sólo de pensarlo, se bloqueaba, así que había decidido ir de compras para distraerse. Cuando Brock la llamó para invitarla a cenar en su casa esa noche, su madre insistió en que aceptara.

Un chófer la recogió en su piso y la llevó a casa de Brock a las seis en punto, pero él no había llegado todavía. A Elle no le sorprendió. Había trabajado con él el tiempo suficiente como para saber que lo que más le importaba era Maddox Communications. Era el hombre más dinámico y complejo que ella había conocido y, a pesar de todas las razones que había tenido para alejarse de él, no había podido resistirse. Enseguida, se había enamorado y, entonces, se había conformado con lo que él había querido darle.

En el presente, todo se había vuelto mucho más confuso.

Elle se sentó en el estudio, demasiado desordenado para su gusto, y tomó un poco de zumo de naranja y agua con gas. Cansada después del largo día, se quitó los zapatos y cerró los ojos. Cuando volvió a abrirlos, Brock estaba parado delante de ella.

Brock la observaba con una críptica sonrisa en los labios.

–Debí haber sabido que estabas embarazada cuando tenía que despertarte para que te fueras a casa después de hacer el amor todas esas noches.

Sintiéndose sonrojar ante el recuerdo de la intimidad que habían compartido, Elle se enderezó y se calzó los zapatos.

–Tengo que confesarte que, durante un tiempo, pensé que me pasaba algo malo. Nunca había dormido tanto –señaló ella.

–¿Pero te ha examinado un médico?

Ella asintió.

–Sí. Me ha dicho que no es raro sentirse más cansada. Se supone que eso cambia en algún momento durante el segundo trimestre.

–Bien –dijo él y le tendió la mano–. Cenemos. Luego, tengo una sorpresa para ti.

–¿Una sorpresa? –repitió ella, sintiendo una mezcla de cautela y emoción–. ¿Es una sorpresa buena o mala? –preguntó, mientras él la guiaba al cuarto de estar.

–Creo que para la mayoría de las mujeres sería una buena sorpresa –respondió él–. No me hagas más preguntas. Lo descubrirás pronto.

Durante la cena, Brock hizo sólo vagos comentarios sobre su trabajo. Elle se sobrecogió al recordar lo abierto que había sido antes con ella. Y ella había apreciado mucho que compartiera sus pensamientos y preocupaciones relacionadas con la empresa. Por supuesto, no podía culparle por ser más reservado después de que hubiera averiguado que lo espiaba. Aun así, le dolía. Nunca volvería a ser lo mismo. Brock cambió de tema y le preguntó por su día.

–¿Has visitado a tu madre y a tu abuelo? Te dije que debías descansar.

–Estaba harta de tanto descansar –repuso ella–. ¿Qué te parecería a ti estar tumbado en la cama todo el día?

Un brillo de pasión relució en los ojos de él.

–Depende de las circunstancias.

De pronto, Elle sintió una sensual excitación, pero la reprimió. Incluso durante su aventura, casi nunca se habían quedado juntos en la cama más de una hora o dos.

–Me gustaría verlo.

El ama de llaves asomó la cabeza por la puerta.

–El señor Walthall ha llegado, señor Maddox. Está esperando en el salón.

–Ah, la sorpresa –dijo él y miró al plato de Elle–. ¿Segura que ya no quieres comer más?

–Segura –afirmó ella–. Me han recomendado comer con más frecuencia y cantidades más pequeñas.

–Entonces, me encargaré de que así sea. Se lo diré a Anna –señaló él y se puso en pie–. ¿Lista?

–Brock, tu ama de llaves no tiene por qué ocuparse de mis comidas.

–A ella le encanta. Mi madre sigue una rigurosa dieta, así que Anna se va a emocionar de poder engordarte.

Elle lo miró con gesto serio.

–No pienso ponerme gorda. Sólo quiero estar sana.

–Es lo que he dicho –repuso él y se encogió de hombros.

Elle no dijo nada más, mientras Brock la guiaba al salón, donde había un hombre sentado junto a varios maletines grandes. El hombre se pudo en pie y extendió la mano.

–Señor Maddox. Soy Philip Walthall. Me alegro de poder serle útil. ¿Y ésta es…?

–Mi prometida, Ellen Linton –presentó Brock–. Elle, el señor Walthall es joyero. Te va a enseñar algunas cosas para que elijas la que más te guste.

–Un anillo de compromiso –dijo ella, sin poder ocultar su apuro. Seguía sin haber aceptado que aquello estuviera pasando. ¿Cómo iba a poder ignorar que estaría casada, si tenía que llevar un anillo todo el tiempo?–. No lo necesito.

–Claro que sí.

El señor Walthall rió.

–Deme la oportunidad de hacerle cambiar de idea.

Brock la urgió a sentarse mientras el joyero abría una caja llena de diamantes. Elle parpadeó. Su madre y ella nunca habían soñado con gastar el dinero en nada así. Su madre había trabajado mucho para que ella pudiera terminar sus estudios.

–Son demasiado grandes –observó ella.

El señor Walthall rió de nuevo.

–Eso no es nada malo, ¿verdad?

–Sólo me siento abrumada.

–Siempre pregunto a mis clientas cuál es el anillo de compromiso de sus sueños. Durante todos estos años, en secreto, debe de haber soñado con el anillo que recibiría del hombre con el que eligiera casarse –aventuró el señor Walthall.

Elle cerró los ojos y respiró hondo. ¿Había soñado alguna vez con un anillo de compromiso? Más que eso, había soñado con tener padre. Luego, había soñado con encontrar a un hombre que la amara tanto como ella a él. A pesar de que había sabido

44

que Brock nunca la amaría así, no había podido resistirse a él. Si iba a llevar un anillo, ¿por qué no elegir uno que significara algo para ella?

–¿Cuál es la piedra de los nacidos en diciembre?

–El señor Walthall se encogió de hombros.

–Depende. El topacio azul, la tanzanita o el rubí, depende de tu punto de vista.

–¿Por qué lo preguntas? –quiso saber Brock.

–El bebé nacerá en diciembre –contestó ella.

En los ojos de Brock, Elle adivinó tristeza y algo más que no pudo descifrar.

–El cumpleaños de mi padre era en diciembre.

Elle sintió una extraña conexión con Brock. Era increíble que su hijo fuera a nacer en el mismo mes que el padre de él.

–Me gustaría ver algunos anillos que tengan topacio azul, tanzanita o rubí.

–Muy bien. Me gusta cuando una pareja toma una elección con un significado personal –comentó el joyero.

En pocos minutos, Elle había escogido unas hermosas tanzanitas para que acentuaran la belleza de un diamante solitario.

–De medio quilate –pidió ella.

–¿Medio? –preguntó el señor Walthall sin poder creerlo.

–Ocho quilates –le corrigió Brock.

A Elle casi se le salieron los ojos de las órbitas.

–Voy a necesitar una grúa para llevarlo.

–Puede que no te des cuenta de que tu anillo no será sólo una muestra de tu gusto. También es un reflejo de quién soy yo –señaló Brock.

Elle se mordió el labio, pensando que él iba a gastarse una obscena cantidad de dinero.

–Podrías alimentar a todo un país del tercer mundo con esto –protestó ella.

–Si te quedas más tranquila, mañana enviaré una donación al tercer mundo por el mismo valor del anillo.

–¿No podemos rebajarlo a tres quilates? –preguntó ella.

–Cinco. Es mi última oferta –repuso Brock.

Elle miró al joyero, que parecía anonadado por sus negociaciones.

–Cinco, entonces.

El señor Walthall asintió.

–Será un anillo precioso.

–¿Cuándo puede estar listo? –quiso saber Brock.

–¿Para cuándo lo necesita?

–Para mañana.

–Como desee, señor –aceptó el señor Walthall y se guardó las bandejas de piedras preciosas en su maletín–. Es un placer hacer negocios con usted. Si cambia de idea y quiere aumentar el tamaño del diamante mañana por la mañana, hágame una llamada y haré los ajustes necesarios.

El joyero se fue y el silencio cayó entre Elle y Brock como una losa.

Brock se aclaró la garganta.

–No me había dado cuenta de que el niño nacería el mismo mes que mi padre.

Ella levantó la vista.

–¿Te molesta?

Él hizo una pausa y la miró con gesto suave.

–No. Me resulta extraño, pero creo que me consuela.

Elle lo observó sorprendida. Él era un hombre fuerte que nunca pedía consuelo, que nunca parecía necesitar que lo reconfortaran. Incapaz de contenerse, extendió la mano hacia él.

Brock se apartó.

–Quiero que te quedes esta noche.

–¿Por qué? –preguntó ella, dolida por su rechazo–. No hay ninguna razón para que no me quede con mi madre hasta que… –dijo y titubeó un momento–. Hasta que nos casemos.

–Me gustaría que descansaras –señaló él con gesto pétreo–. Aquí puedo asegurarme de que estés bien cuidada.

Elle suspiró. Pensó en discutirlo, pero la verdad era que estaba demasiado cansada. Además, no iba a acostarse con Brock. Sólo de pensarlo, se le encogió el estómago y le subió la temperatura. ¿Qué pasaría cuando volvieran a hacer el amor? ¿Sería como antes? ¿Era posible que pudieran compartir la misma pasión del pasado?

–Necesito descansar –afirmó ella, obligándose a pensar sólo en el bebé–. Pero quiero quedarme en casa de mi madre mañana por la noche.

–Enviaré a un equipo de mudanza para que empaquete tus cosas y las traiga aquí –informó él, mirándola con gesto posesivo–. Mañana por la noche, también debes quedarte aquí. El anillo estará listo y quiero ponértelo.

El sábado, Elle seguía sin acostumbrarse al peso del anillo en el dedo. Le resultó un alivio poder distraerse en la fiesta en honor del bebé de Jason y Lauren. Una de las vecinas de Lauren en Mission Hill había ofrecido su casa para la ocasión. Brock había insistido en que su chófer la llevara allí. Por ridículo que pareciera, no quería que ella condujera.

Elle llevó un regalo para el bebé de Jason y Lauren. La entrada estaba decorada con globos azules y el amplio salón estaba adornado para la fiesta.

Lauren, con una gran barriga, levantó la vista cuando Elle entró en la habitación.

–Elle –saludó Lauren, poniéndose en pie–. Me alegro de que hayas podido venir. Qué regalo tan grande. Dime ¿qué es? –preguntó, radiante y embarazada.

Elle no pudo evitar sonreír.

–Tienes que abrirlo.

Lauren hizo una mueca.

–Dame una pista.

–Es azul.

Lauren rió.

–Entra y toma algo de vino –invitó Lauren–. Yo no puedo beber, pero las demás sí podéis. Quiero brindar por tu compromiso –añadió y le pasó a Elle el brazo por la cintura–. ¿Cómo has podido tenerlo tan callado?

Elle se mordió el labio.

–Ha sido de repente. No creo que ninguno de los dos lo esperáramos. Eh, ese ponche tiene muy buena pinta.

–Es para mí –señaló Lauren–. No tiene alcohol. Pero puedes tomar un poco si quieres –ofreció y le sirvió un vaso. Levantó el suyo para brindar–. Te deseo el matrimonio más feliz y maravilloso.

Elle sintió un nudo en la garganta. ¿Cómo podía su matrimonio llegar a ser feliz?

–Gracias –dijo Elle y le dio un pequeñísimo trago al ponche. Lo último que quería era empezar con las nauseas en la fiesta.

–Cuéntame –pidió Lauren–. Según la nota de prensa, os casaréis pronto. ¿Por qué tanta prisa?

A Elle le dio un vuelco el estómago.

–Ya conoces a Brock. Cuando toma una decisión, actúa rápido.

Lauren rió.

–Tienes mucha razón.

Elle estaba a punto de vomitar.

–Disculpa. Tengo que ir al baño. ¿Podrías decirme dónde está?

–Oh, al otro lado del pasillo –indicó Lauren–. Ve, yo iré después de ti.

Elle corrió al baño. Después de recuperarse, se mojó la cara con agua y se enjuagó la boca. Respiró hondo e intentó calmarse. Cuando salió, se topó con Lauren, que la miraba con gesto de preocupación.

–Ven un momento –dijo Lauren, llevándola a un dormitorio–. ¿Estás bien?

–Claro –dio Elle–. Sólo estoy un poco mareada. Creo que tengo un virus o igual es por algo que he comido.

Lauren hizo una pausa y meneó la cabeza.

–Estás embarazada, ¿verdad?

A Elle se le puso el corazón en la garganta. Estuvo a punto de mentir, pero el sincero interés de su amiga se lo impidió.

–Por favor, no se lo digas a nadie. Brock insistió en que nos casáramos primero.

Lauren asintió.

–Yo he pasado por lo mismo.

–No estoy segura de que sea lo mismo –murmuró Elle, pensando en su abuelo y en cómo había traicionado a Brock.

–Muy parecido –opinó Lauren–. Sólo te aconsejo que estés abierta a las posibilidades. Puede salir de forma muy diferente a lo que esperas. Te hablo por propia experiencia. Lo más importante es que te cuides. Tienes algo precioso creciendo dentro de ti.

De pronto, Elle tuvo ganas de llorar. Le quemaban los ojos.

–Gracias. No sabes cuánto aprecio tus palabras.

Lauren la abrazó.

–¿Has pensado en el nombre?

–Todavía falta mucho para que nazca. Por ahora, sólo me concentro en sobrevivir día a día.

–Los buenos tiempos llegarán pronto, créeme –le aseguró Lauren.

Elle rezó porque su amiga tuviera razón.

Dos días después, Elle se puso el vestido de novia que había encontrado cuando fue de compras con su madre. La tienda estaba cerca de Maddox Communications y ella tuvo la idea de ir a hacerle una visita a Brock. Enseguida lo descartó, pensando que a él no le gustaría.

–Estás preciosa –señaló su madre y la abrazó–. Me alegro mucho de que vayas a casarte. Quiero que tu hijo tenga el padre que tú nunca tuviste. No tienes ni idea de lo que aliviada que me siento, Elle –afirmó y suspiró–. Me gustaría haberte podido dar lo mismo a ti.

A Elle se le encogió el corazón.

–Me has dado lo mejor del mundo. Tu cariño y tus mimos.

Su madre rió.

–Siempre te gustaron los mimos –dijo Suzanne y le tocó el vientre a su hija–. Seguro que a tu hijo también le gustarán.

–Las dos le haremos mimos, mamá –repuso Elle, sonriendo.

–Así es –afirmó su madre–. Pero, primero, tienes que casarte –añadió y le dio un beso en la mejilla–. Estás preciosa, cariño. Brock es muy afortunado. Sé feliz, mi niña. Sé feliz.

Elle sólo podía esperar que así fuera. Se obligó a sonreír, mientras se le retorcía el estómago. Se miró al espejo. ¿Era ella de veras? ¿Esa mujer con vestido de novia era ella? ¿De verdad iba a casarse con Brock Maddox? Y ¿podrían hacer que su matrimonio funcionara?

Un chófer llevó a Elle y a su madre a la playa donde iba a celebrarse la boda. El sol había disipado la niebla de la mañana. Al menos, parecía que no iba a llover. El coche paró delante de la carpa donde se serviría la comida después. Ella vio a Brock a lo lejos. Su corazón se sobresaltó. Cuando lo conoció, nunca se atrevió siquiera a soñar con casarse con él. Existían demasiados obstáculos. Una vez más, se preguntó si aquello sería un gran error.

–Elle –dijo su madre, tocándole el ceño fruncido–. Deja de preocuparte. Hoy debe ser un día feliz para ti.

–Pero...

–Nada de peros –le interrumpió su madre–. Recuerda. Nunca busques problemas, a menos que los problemas te busquen a ti.

Elle sonrió ante aquella frase que tantas veces le había dicho su madre a lo largo de los años. Respiró hondo. Sólo por ese día, intentaría no ver problemas en todas partes. Salió del coche detrás de su madre y la siguió hasta la zona de recepción de invitados, en la carpa.

—Todo el mundo está esperándote —señaló la azafata que recibía a los invitados—. Sobre todo, el novio. El arpista ya está tocando.

—¿Un arpista? —preguntó Elle, atónita.

—Oh, lo siento. Tal vez, debía ser una sorpresa.

Su madre la miró con ojos emocionados.

—Yo iré primero, como planeamos —dijo Suzanne, colocándose el vestido azul que llevaba y acariciando a su hija en la mejilla—. Estoy muy feliz, por ti y por el bebé.

A Elle se le encogió el estómago.

—Te quiero, mamá.

Elle observó cómo su madre avanzaba por el camino bordeado por piedras, hasta los bancos de madera que había preparados sobre la arena. Armándose de valor, ella se dispuso a salir también. Antes de que pudiera alejarse, la azafata le puso un ramo de flores entre las manos.

Elle la miró, parpadeando.

La azafata sonrió.

—El señor Maddox ha insistido en que le diera el ramo. Son bonitas, ¿verdad?

Elle miró el ramo de lilas blancas y rosas rojas como la sangre y no pudo evitar pensar en la mala sangre que había entre su familia y la de Brock. ¿Podría su matrimonio difuminar las tensiones y la competitividad que había entre ellos?

Era mejor no adelantarse a los acontecimientos, se dijo Elle y, cerrando los ojos, respiró hondo. La azafata le abrió la puerta y ella salió.

***

Brock observó cómo se abría la puerta de la carpa y Elle salía. El viento agitó su pelo y onduló el borde de su vestido. Tenía un aspecto etéreo, casi angelical, pero él sabía que no debía fiarse de las apariencias. Había sido una diosa de sensualidad en su cama, satisfaciendo todos los deseos que él había tenido. En el trabajo, había sido la secretaria perfecta. Pero la verdad era que lo había estado engañando a diario.

Con un amargo sabor en la garganta, Brock tragó saliva. Había cosas más importantes en qué pensar. Como el bebé. Su bebé. Si había aprendido algo de su padre, había sido el sentido del deber hacia la empresa y hacia la familia.

Su madre había sido una esposa y una madre abnegada, pero sin una gota de pasión. Brock sabía que Elle sería diferente. Él conocía su pasión de primera mano y sabía, en el fondo de su corazón, que querría a su hijo. No consideraría al niño como una obligación. Elle lo recibiría como un preciado regalo y como una responsabilidad. En cuanto a su relación, podían hacer que funcionara.

Elle lo miró y, aunque no podía verle los ojos bien desde donde estaba, Brock adivinó que estarían tintados de emociones contradictorias. Parecía una princesa, con la cabeza bien alta, caminando erguida… y un pequeño bulto en el vientre.

Brock no podía dejar de mirarla. Ella había sido la amante que lo había dado consuelo y, que al mismo tiempo, lo había traicionado.

A pesar de lo último, seguía deseándola. Debería odiarse a sí mismo por ello, pero sabía que, una vez que ella llevara su apellido, su lealtad estaría asegurada. No habría más traiciones.

Elle dio los últimos pasos para colocarse a su lado y lo miró. Como Brock había intuido, tenía los ojos empañados. Él le dio la mano y observó complacido cómo ella tomaba aliento con rapidez. Aún podía provocar una reacción física en ella, se dijo con satisfacción.

Brock se llevó la mano de su prometida a los labios y la besó, sin dejar de mirarla a los ojos.

–Estamos listos –dijo él en voz baja al sacerdote, y la ceremonia comenzó.

Brock repitió los votos que recitaba el párroco y Elle hizo lo mismo.

–Yo os declaro marido y mujer –dijo el cura–. Puedes besar a la novia.

El sol salió de detrás de una nube en el momento en que Brock la tomó entre sus brazos. Elle se sintió, al mismo tiempo, fuerte y delicada. Él inclinó la cabeza y le dio un beso lleno de promesas. Ella tembló.

–Todo saldrá bien –le aseguró él al oído.

–Sí –repuso ella, aunque no estaba tan convencida.

Elle se sintió mareada. La carne a la barbacoa que había sido dispuesta para el banquete no le sabía a nada. Tenía las manos heladas. Aun así, se obligó a saludar y sonreír a Flynn y a su esposa, Renee.

–Estás preciosa –comentó Renee.

–Gracias –replicó Elle, sintiéndose culpable por

haber usado su amistad con Renee para conseguir secretos que su abuelo utilizaría contra Maddox. Le sorprendió, además, que Renee quisiera dirigirle la palabra y darle sus buenos deseos.

–No sabes lo que me alegro de ver a mi hermano casado –dijo Flynn–. Lleva casado con la empresa tanto tiempo que estaba empezando a preguntarme…

–No hace falta que te preguntes nada más –interrumpió Brock, alzando su copa de vino–. Gracias por estar aquí –le dijo a Flynn y se giró hacia Elle–. Por mi esposa, porque nuestro amor crezca, nuestro compromiso se haga más hondo y rebosemos felicidad.

–Eso espero –susurró Elle, levantando su vaso de agua con gas. La pasión que percibió en los ojos azules de Brock le recordó por qué se había enamorado de él: por su pasión por el trabajo, por la vida y, en la soledad de la noche, por ella.

La madre de Elle y Flynn y su esposa aplaudieron.

–¿Qué planes tenéis para la luna de miel? –inquirió Flynn.

De pronto, Brock apartó la mirada, con ojos tan fríos como témpanos.

–Tendremos que retrasarla –señaló él–. Ahora tengo que sacar a la compañía de la crisis que está pasando.

A Elle se le encogió el estómago y se alegró de estar sentada. Sabía que ella era la culpable de esa crisis.

Una hora después, cuando los invitados se hubieron ido, Elle se subió con Brock en su limusina. El silencio era tan pesado que ella apenas se atrevía a respirar.

–Estás muy guapa –dijo Brock, aunque sin mirarla a los ojos.

Elle intentó respirar hondo, sin conseguirlo. Acababa de cometer un gran error, se dijo. ¿Cómo podía dar marcha atrás? ¿Sería posible la anulación?

–Gracias –repuso ella en voz baja–. Las flores y el arpa han sido una idea preciosa.

Él asintió.

–Toda mujer se merece algo especial en su boda.

–¿Quién te ha dicho eso?

Él hizo una pausa.

–Renee.

–Qué amable por su parte.

–Eso pienso yo.

Elle se mordió el labio.

–No culpo a la gente porque esté enfadada conmigo, ni te culpo a ti por estar resentido…

–No lo estoy –le interrumpió él–. Tu lealtad le pertenecía a tu abuelo. Ahora debe ser para mí.

Era mucho más complicado que eso, pensó Elle. Cuando la limusina paró delante de la casa de Brock, él salió y la escoltó hasta la puerta principal. Su combinación de fuerza y buenos modales la había cautivado desde el principio. Podía parecer un hombre sensible y civilizado pero, cuando era necesario, tenía el instinto de un guerrero y era capaz de ir a la yugular de su enemigo para proteger lo que era suyo.

Elle se preguntó hasta dónde se extendería su instinto de posesión con ella. ¿Sólo en lo relativo al bebé?

El ama de llaves se acercó con una radiante sonrisa.

–Felicidades a los dos. Me alegro mucho. Está preciosa, señorita Linton –dijo Anna y se tapó la boca–. Oh, perdón, quería decir señora Maddox.

A Elle se le sobresaltó el corazón al escuchar su nuevo nombre. Dejando a un lado sus sentimientos contradictorios, estrechó la mano del ama de llaves.

–Gracias, Anna. Eres muy amable.

–Por favor, dile a Roger que lleve las cosas de Elle a mi suite –ordenó Brock.

–Ahora mismo. Lo haremos en un momento –repuso Anna y desapareció en el pasillo.

Elle sintió un poco de pánico.

–¿Tu suite? –preguntó ella, mirándolo a los ojos.

–Mi suite tiene dos habitaciones, dos baños, un estudio, una sala de estar y un pequeño gimnasio. En algún momento, mi madre regresará a casa, esperemos que por poco tiempo –indicó él con tono seco–. Cuando menos sepa de mi vida privada, mucho mejor. Mi madre siempre está buscando problemas. No nos hará tantas preguntas si vives en mi suite. Ahora tengo que volver a la oficina. Regresaré tarde. Roger te ayudará a traer el resto de tus cosas durante estos días, hoy no quiero que te esfuerces demasiado. Has tenido un día muy cansado.

Brock la miró a los ojos y ella percibió un atisbo de la pasión que habían compartido. Pero sólo duró un breve instante.

–Hasta luego –dijo él, dejándola sola en su noche de bodas.

La mayoría de los empleados de Maddox se habían ido cuando Brock hizo venir a Logan Emerson a su despacho ya entrada la noche. Había contratado a un investigador privado hacía poco, cuando había intuido que alguien había estado filtrando secretos de la compañía. Al recordar que la espía era Elle, se le encogió el corazón una vez más. Elle, su refugio de pasión, había estado apuñalándolo por la espalda y haciendo el amor con él al mismo tiempo.

–Acabo de enterarme de su matrimonio. Me ha sorprendido –comentó Logan, sentado en frente de Brock.

–Está embarazada y yo soy el padre –repuso Brock.

Logan, por lo general un hombre reservado, dejó escapar un silbido de sorpresa.

–Asumo que eso significa que no va a denunciarla.

–Asume bien.

–Lo entiendo. Bueno, parece que mi trabajo aquí ha terminado –señaló Logan.

Brock frunció el ceño.

–Tal vez no. Maddox sigue estando en una situación crítica. Hay varias posibilidades que quiero explorar. En el futuro inmediato, por supuesto. Quiero que siga trabajando para mí hasta que veamos cómo se desarrollan los acontecimientos.

–No hay problema –dijo Logan–. Dígame si necesita algo.

–Bien –repuso Brock y se levantó–. Eso es todo por ahora.

Logan le tendió la mano.

–Mis mejores deseos para su matrimonio. Yo no soy quién para decirlo, pero no creo que Elle disfrutara traicionándolo.

Brock asintió. Todavía no había terminado de digerir el vuelco que había dado su vida en tan poco tiempo.

–Gracias.

Luego, Brock revisó su agenda para el resto de la semana, pero tardó más de lo habitual porque no podía dejar de pensar en la traición de Elle. Apretó los puños. Lo único que le consolaba era pensar que él habría hecho lo mismo por su padre. Y haría cualquier cosa por el bien de la compañía. Era su deber, su destino, su legado.

Horas después, se fue de la oficina y se dirigió a su casa y a su suite. Se dio cuenta de que una de las habitaciones tenía la puerta cerrada, pero el dormitorio principal estaba abierto. La lámpara de la mesilla estaba encendida y la cama, abierta.

Brock entró y miró a su alrededor, percibiendo un suave aroma. Posó la vista en un pequeño jarrón en la mesilla. Contenía una rosa color rubí, del ramo de Elle. Junto al jarrón, había una nota: *Gracias. Elle.*

No era la primera vez que ella le había dado las gracias por un ramo, pero Brock se sintió conmovido. La rosa le recordaba la pasión que habían compartido antes de que todo se hubiera descubierto. Sostuvo la flor en su mano e inhaló su fragancia, preguntándose si alguna vez podría volver a saborear la dulzura que Elle le había entregado en el pasado.

Capítulo Cuatro

Elle puso el despertador para poder reunirse con Brock para desayunar. No estaba segura de cómo hacer que su matrimonio funcionara, pero sabía que evitar a su esposo no era una buena idea. Desperezándose, llegó a la sala de estar un minuto y medio antes que él.

Brock arqueó las cejas sorprendido al verla allí. Ella sonrió.

—Buenos días —saludó Elle y levantó la cafetera con café recién hecho—. ¿Te sirvo una taza?

—Sí, gracias.

Brock la recorrió con la mirada mientras le daba un sorbo al café.

—¿Y tu taza? —preguntó él.

Ella negó con la cabeza.

—No puedo tomar café.

—¿Por qué no?

—La cafeína no es buena durante el embarazo —respondió ella—. Además, ha dejado de apetecerme.

Brock frunció el ceño.

—Vaya. ¿Y no te hace eso estar más somnolienta?

Ella rió.

—Sí, todavía estoy en la fase dormilona.

—¿La fase dormilona?

—Quiero echar cabezadas constantemente. Llevo así varias semanas y, al principio, pensaba que estaba enferma. En cierta forma, así es –bromeó ella–. Una gripe de nueve meses –añadió, riendo.

Brock sonrió y se llevó la taza a los labios de nuevo.

–La buena noticia es que pronto se supone que empezaré a tener más energía y que seré increíblemente productiva.

–Siempre que no pretendas correr un maratón… –dijo él–. Lo que tienes que hacer es cuidar de ti y del bebé.

–En algún momento, tendré que empezar a planificar el cuarto del niño –indicó ella, observando la expresión de él con atención.

Brock asintió y la miró.

–Cuando llegue el momento, tendremos que trasladar al bebé a su propia habitación. La suite fue diseñada para que mi esposa y yo compartiéramos el dormitorio principal y el niño durmiera en el cuarto que tú ocupas en la actualidad.

Elle se sintió invadida por una avalancha de sensuales recuerdos. ¿Quería Brock volver a dormir con ella? ¿Qué cambiaría entre ellos si lo hacían?

–¿Es eso lo que quieres?

–No tenemos que tomar la decisión ahora. Has pasado mucho durante las últimas dos semanas. Asegúrate de no cansarte hoy cuando te pongas a colocar tus cosas. Roger está para ayudarte.

Elle asintió y se quedaron en silencio. ¡Cuánto echaba de menos la facilidad para conversar que habían compartido en el pasado!, se dijo ella.

Brock miró el reloj.

–Tengo que irme.

–¿Tan pronto? –preguntó ella, sin pensar.

–He quedado para desayunar con… –comenzó

a decir él y se interrumpió de golpe, al recodar que no debía compartir información con ella.

Elle se sintió fatal. Se preguntó si siempre serían así las cosas entre ellos, si Brock siempre estaría pendiente de ocultarle la información.

–Que tengas un buen día –consiguió decir ella.

–Y tú –repuso él y se fue.

A Elle se le encogió el estómago. Tomó aliento. Debía darle tiempo, pensó. Ni siquiera llevaban casados veinticuatro horas.

Más tarde, la madre de Elle la ayudó a hacer las maletas.

–Ésta es la parte triste –comentó Suzanne–. Me alegra mucho que te hayas casado y te mudes con tu marido, pero te voy a echar mucho de menos.

Elle le dio un abrazo a su madre, conmovida.

–No me voy lejos. Podemos vernos siempre que queramos. Y sabes que puedes llamarme para lo que necesites.

–Me alegro de haberme apuntado al grupo de autoayuda el año pasado –señaló su madre–. Nos ayudamos mucho unos a otros. No quiero ser una carga para ti.

Elle le dio la mano.

–No digas tonterías. No eres una carga. Quiero que no te presiones y que te tomes con calma el trabajo, ahora que has vuelto a media jornada.

–Mira quién habla –replicó su madre–. Eres tú quien ha estado trabajando a jornada completa, preparándote para la boda y la mudanza. Por suerte, Brock no te dejará cansarte demasiado. Parece un hombre fuerte.

–Sí, lo es –murmuró Elle, pensando que Brock no le dejaría ni acercarse a Maddox Communications.

–Lo que no entiendo es por qué no le contaste lo del bebé nada más saberlo –comentó su madre, arqueando las cejas.

–Era sólo una aventura, mamá –dijo Elle, a pesar de que para ella había sido mucho más. Sonrió y le apretó la mano a su madre–. Ya sabes, a veces las cosas se complican un poco.

Esa noche, Elle intentó ayudar a Roger a llevar una caja arriba, pero Roger no se lo permitió.

–Nada de eso, señora Maddox. El señor Maddox me cortaría la cabeza –apuntó Roger.

–De acuerdo, está bien –repuso Elle, haciéndose a un lado–. Al menos, deja que te traiga algo para beber.

Roger suspiró.

–Gracias.

Elle buscó en la mini nevera de la pequeña cocina y sacó una botella de agua. Volvió al pequeño dormitorio, donde Roger estaba apilando las últimas cajas.

–Ya sabe que no debe levantar estas cajas –advirtió Roger, mirándola con seriedad.

–Tal vez podríamos ponerlas extendidas en vez de apiladas, para que me resulten más accesibles.

Roger levantó una mano cuando ella se acercó a ayudar.

–Yo lo haré. Pero con la condición de que deje una luz encendida por la noche para que no se tropiece con ellas si se levanta para ir al baño.

–Excelente idea –respondió ella, aplaudiendo–. Ahora entiendo por qué Brock confía tanto en ti.

—Gracias —replicó Roger, sonriendo—. Su cumplido es un honor para mí.

Momentos después, Elle le dio la botella de agua y, dejándose llevar por un impulso, le dio un abrazo.

Roger rió, sorprendido.

—Prométame que no se cansará demasiado esta noche. Roma no se construyó en un día, ¿sabe?

Durante la hora siguiente, Elle vació cuatro cajas, colocó su contenido en los cajones y en el amplio armario empotrado. Cuando levantó la vista, se dio cuenta de que era tarde y decidió tomarse un descanso y darse una ducha caliente. Se preguntó dónde estaría Brock. ¿Se quedaría a dormir en el piso que tenía el edificio de oficinas? ¿En la cama que tantas veces habían compartido?

Aquel pensamiento hizo que se le encogiera el corazón e intentó sacárselo de la cabeza mientras se metía bajo la ducha. Acariciándose el vientre, trató de visualizar cómo el agua caliente le quitaba todas las preocupaciones. No tenía fuerzas para pensar en el futuro. Ya había hecho suficiente por ese día.

Elle se secó y se puso un cómodo camisón de algodón. Se peinó el pelo húmedo y se puso una bata larga. Su estómago rugió de hambre. Pero era tarde y tenía sueño. Hacía poco, había leído algo sobre los alimentos más aconsejables antes de irse a la cama. ¿Qué era? Un plátano. Había visto un racimo abajo. Iría a por uno, decidió y bajó las escaleras.

Después de bajar dos peldaños, se le enganchó el pie con el borde de la bata. Se agarró a la barandilla, pero fue demasiado tarde. Se cayó de cabeza por las escaleras y sintió el impacto de los escalones en el pecho y en el vientre. Gritó. Intentó agarrarse a algo. Gritó otra vez.

Anna y Roger aparecieron al pie de las escaleras, con expresión aterrorizada.

Elle cerró los ojos al verlo. Oh, cielos. El bebé. El bebé.

Roger corrió a su lado.

–¿Señora, está bien? ¿Está despierta?

Elle respiró, intentando sentir su cuerpo. Se sentía dolorida.

–Estoy consciente –dijo ella, abriendo los ojos–. Pero me temo… Quiero asegurarme de que el bebé esté bien.

Roger frunció el ceño.

–La llevaremos al hospital de inmediato.

Brock entró en urgencias con el corazón latiéndole a toda velocidad. Se detuvo en el mostrador de recepción.

–Soy Brock Maddox. Mi esposa está aquí.

La enfermera asintió.

–Por favor, venga por aquí –dijo la mujer y lo condujo por el pasillo hasta una habitación.

Cuando la enfermera abrió la puerta, Brock vio a Elle tumbada en una camilla, con Anna y Roger a su lado. Tenían una expresión muy poco halagüeña.

Los tres lo miraron.

–Señor Maddox –saludaron Anna y Roger al unísono.

–Gracias por traerla –dijo él y sintió un nudo en la garganta. Miró a Elle–. ¿Cómo estás?

Ella se mordió el labio.

–Esperando a la ecografía –respondió Elle con gesto de miedo–. Ojalá no fuera tan patosa –susurró con los ojos llenos de lágrimas.

Brock corrió a su lado y le dio la mano.

–Yo me encargaré de que estés bien.

–¿Y el bebé? –preguntó ella y se le quebró la voz.

Roger se aclaró la garganta.

–Estaremos en la sala de espera.

–Me siento tan mal –señaló Elle–. ¿Y si por culpa de mi torpeza…?

Brock le puso un dedo en los labios.

–No pienses en eso.

Una mujer joven vestida de blanco entró en la habitación.

–Hola. Soy la doctora Shen –se presentó la mujer y les tendió la mano a Elle y a Brock–. Según me han dicho, mamá se ha caído. Los bebés son muy resistentes, así que lo más probable es que vuestro pequeño esté bien. Comprobémoslo.

La doctora le embadurnó el vientre a Elle con un gel y le pasó el ecógrafo por la barriga.

Brock observó el ser que aparecía en la pantalla ante ellos.

–Bien. Tiene un latido fuerte –comentó la doctora Shen, señalando un punto intermitente en la pantalla–. Todo parece estar bien. La placenta está intacta.

La doctora retiró el ecógrafo y se giró hacia Brock y Elle.

–Puede que le salgan algunos moretones mañana, pero el bebé está bien. Debes tener cuidado con las escaleras, ¿de acuerdo?

Elle asintió, aliviada.

–Mucho cuidado.

La doctora firmó el parte.

–Podéis iros. Os daremos una copia de la imagen del ultrasonido, si la queréis.

–Gracias –dijo Elle.

–Gracias –repitió Brock.

Brock parecía maravillado, impresionado. Elle lo comprendía muy bien. El movimiento de esas pequeñas piernas y brazos, el latido de su corazón... era abrumador. E increíble.

La enfermera le limpió a Elle el gel del abdomen.

–Ya puede vestirse.

Elle suspiró.

–Siento haberte molestado por nada –dijo Elle, bajándose de la camilla.

–No lo dirás en serio –repuso Brock, poniéndole una mano sobre el hombro.

–Sé que estás muy ocupado –dijo ella y se mordió el labio.

–No hay nada más importante –aseguró él–. Nada.

–Antes casi no me parecía real –afirmó ella–. Pero ahora, sí. Vamos a tener un bebé.

Brock asintió y sonrió.

–Así es.

Dos días después, Elle no podía soportar el descanso obligatorio que Brock le había impuesto. Necesitaba con desesperación salir al mundo exterior.

El ama de llaves frunció el ceño al verla abrir la puerta principal.

–¿Va a salir? –preguntó Anna con gesto de preocupación.

Elle se giró.

—Sí. El médico dice que puedo salir. Según la ecografía, todo está bien. Me vendrá bien algo de ejercicio físico.

—Al señor Maddox no le va a gustar.

—Sí, bueno, pero si no salgo un rato, acabaré volviéndome loca. Y no voy a dejar que pase eso —dijo Elle con firmeza.

—La entiendo, pero comprenda que nos dio un susto de muerte. Si el señor Maddox pregunta dónde está, ¿qué debo decirle?

Elle sonrió.

—Dígale que me he ido a comprar una bata más corta.

El ama de llaves rió.

—Buena idea. Voy a llamar a Roger. Él la llevará en el coche.

—Oh, no es necesario —protestó Elle.

Anna meneó la cabeza.

—El señor Maddox quiere que vaya con chófer. Roger sólo tardará un momento en prepararse.

Elle aceptó y, poco después, le indicó a Roger que la condujera a unos grandes almacenes en el extrarradio.

—¿Al extrarradio? —preguntó Roger, sorprendido—. ¿Está segura de que no prefiere ir al centro? Allí es donde compra el señor Maddox siempre.

—No. A mí me encanta comprar en Oportunidades Norstrom —repuso ella, recostándose en el asiento.

Roger la dejó en la puerta y Elle entró en los grandes almacenes, que estaban abarrotados de gente. Miró en la zona de lencería y examinó algunas batas de seda. En poco tiempo, estaría demasiado gorda como para poder ponérselas. Rebuscando en el colgador, sacó una roja.

–Tendré el aspecto de una gran cereza gigante –murmuró ella para sus adentros.

Su teléfono móvil sonó. Al ver que era Brock, hizo una mueca.

–¿Hola?

–¿Qué estás haciendo en Oportunidades Norstrom?

–Comprándome una bata corta –contestó ella–. Supongo que te lo habrán dicho tus espías.

–Roger me ha dicho que insististe en ir a esos grandes almacenes de oportunidades –señaló él–. Puedo pagarte una bata y cualquier otra cosa, Elle, no es necesario que andes mirando el dinero. Y no tienes por qué ir a comprar a unos grandes almacenes.

–Pero me gusta hacerlo. Es como ir de caza para los hombres. El objetivo es cazar el trapo con mayor descuento de un solo tiro.

Hubo un silencio.

–Nunca lo había visto de esa manera.

–Bueno, me alegro de haberte enseñado algo nuevo –repuso ella–. Tal vez puedas usar la analogía para alguna campaña publicitaria.

–Hmm. No es mala idea.

–Shh. Mejor no hables de eso conmigo. Soy el enemigo –dijo ella, sin poder contenerse.

Brock suspiró.

–No eres el enemigo.

–Pero no quieres que vuelva a entrar en la oficina.

–Claro, algún día –afirmó él–. Dentro de un tiempo. ¿Cenamos en casa? –preguntó, cambiando de tema.

–Si tenemos que hacerlo…

–Odias estar allí.

–Está tan… –comenzó a decir Elle y se interrumpió un momento para buscar la palabra adecuada–… llena.

–Lo sé –repuso él–. Tal vez podríamos deshacernos de algunas cosas.

–¿Qué le parecería a tu madre?

–Es posible que ni se dé cuenta.

–No lo creo –opinó ella.

–Bueno, podemos empezar con la habitación de abajo. Ocúpate de remodelarla como tú quieras. Pon las cosas viejas en cajas.

Elle se sintió emocionada.

–Podría ser buena idea.

–Claro que lo es. Se me ha ocurrido a mí.

Ella levantó la mirada al cielo.

–Qué arrogante eres.

–Eso no te molestaba antes.

–No –susurró ella con respiración entrecortada.

–¿Qué quieres cenar esta noche?

Lo que más deseaba Elle era una cena íntima con Brock en su apartamento en el edificio de la compañía. Habían compartido tantos momentos deliciosos allí… Sin embargo, sabía que no era posible. Él no quería que se acercara a la oficina todavía.

–Me gustaría algo de cocina tradicional americana –contestó ella, pensando en uno de los pocos sitios donde habían ido juntos, un restaurante con un delicioso menú del día.

–Patatas asadas –dijo él con una sonrisa–. En el restaurante Las Cuatro Esquinas. No pierdas demasiado tiempo en los grandes almacenes. Llamaré para reservar una mesa –añadió y colgó.

Elle posó los ojos en la sensual bata con estampado de leopardo que colgaba del perchero que tenía delante. Se preguntó si alguna vez sería capaz de volver a despertar los instintos primarios de Brock.

Después de un día agotador, Brock se puso en pie para recibir a Elle en Las Cuatro Esquinas. Observó su rostro.

–Pareces cansada –comentó él–. Has abusado de tus fuerzas hoy.

Ella le dio un beso en la mejilla.

–Gracias. Tú también estás muy guapo –replicó ella y se sentó.

–Se supone que debías descansar –objetó él, haciendo una mueca.

Ella tomó la carta de la mesa.

–Hay una diferencia entre descansar y entrar en coma. ¿Qué tal te ha ido el día?

–Bien. La campaña para la cuenta de Prentice va muy bien.

–Genial. ¿Y te gusta tu nueva secretaria?

–Él no es como tú.

A Elle casi se le cayó el menú de entre las manos.

–¿Es un secretario? –preguntó ella, sorprendida.

–Ten cuidado. No seas sexista.

–El mundo de la publicidad es muy sexista –protestó ella–. No sabía que hubieras tenido nunca un asistente masculino.

–Es la primera vez –señaló él–. Parece competente.

Brock la miró a los ojos con gesto impenetrable. La camarera llegó y les tomó el pedido. Cuando se hubo ido, él volvió a centrar su atención en su esposa.

–¿Qué te has comprado hoy?

–Trapos sueltos –contestó ella y se preguntó cuánto lo avergonzaría aquello. Siempre había sentido que su abuelo se había avergonzado de ella también, hasta que había podido utilizarla en su propio interés.

–¿Qué trapos? –quiso saber él–. Sólo quiero saber si te has comprado una bata nueva con la que no te tropieces.

Ella sonrió.

–Sí. Y otras cosas más. ¿Tienes planes para el fin de semana?

Brock se encogió de hombros.

–Lo de siempre. Trabajo.

Ella asintió.

–Sí, lo de siempre.

Elle se dio cuenta de Brock saludaba con la mano a un hombre que había al otro lado del salón. Era Logan Emerson, uno de los ejecutivos de la empresa. El otro hombre lo saludó con un gesto de la cabeza, posó los ojos en ella y apartó la mirada. Ella siempre había sentido cierto recelo hacia Logan. Brock lo había contratado en un puesto elevado dentro de la compañía, para el que Logan no parecía demasiado capacitado.

–¿Qué tal le va con la representación de cuentas? –preguntó Elle.

–Bien –repuso Brock–. He cambiado un poco sus funciones. Creo que así será mejor.

–¿Ah, sí? –quiso saber ella–. ¿Y de qué va a ocuparse?

–Le he encargado que supervise al personal y la seguridad informática –contestó él mientras la camarera les traía su comida.

–Vaya. Es un cambio muy drástico desde el departamento de ventas –opinó ella.

Brock asintió, pero no hizo ningún comentario más. A Elle se le ocurrió algo.

–Seguridad informática –señaló ella–. Siempre me pareció más capacitado para encargarse de la seguridad. Es tan callado, tan discreto… podría ser un investigador privado.

Brock apretó la mandíbula, pero no dijo nada. Entonces, Elle lo comprendió.

–Es investigador privado, ¿verdad? ¿Fue él quien te habló de mí?

Brock hundió el cuchillo en su filete.

–¿Y qué si fue él?

Elle se mordió el labio. De pronto, se le quitaron las ganas de comerse el sándwich de pavo que había pedido.

–Por eso no querías nunca hablarme de él –adivinó ella–. ¿Ya sospechabas de mí?

Brock dejó su tenedor.

–Eras la última persona de la que podía sospechar –afirmó él con ojos tan turbios como una tormenta en el mar.

Elle sintió el aguijón de la culpa y apartó la vista.

–Casi fue un alivio para mí que lo descubrieras –confesó ella en voz baja–. Al estar embarazada, me sentía todavía peor. Si no hubiera sido porque mi madre necesitaba pagar su tratamiento…

–¿Qué? –preguntó él con brusquedad–. ¿Qué tratamiento?

Elle lo miró a los ojos.

–No estaba segura de si Logan había averiguado lo de la enfermedad de mi madre. Está siguiendo un tratamiento experimental que es muy caro. Ni ella ni yo podíamos pagarlos y el seguro no lo cubre.

–¿Estás diciendo que Athos aceptó pagar el tratamiento de tu madre a cambio de que me espiaras?

–Sí –admitió ella con un nudo en la garganta–. Me avergüenzo de ello, pero no tuve elección. No podía arriesgarme a perder a mi madre. Sólo la tengo a ella.

Ambos se quedaron en completo silencio, que contrastaba con el ruido de conversaciones y platos del restaurante.

–¿Por qué no me dijiste que tu madre estaba enferma? –preguntó él.

Elle negó con la cabeza.

–No quería hacerlo –repuso ella y cerró los ojos, recordando los momentos que había compartido con Brock–. No quería que nuestro tiempo juntos se viera empañado por mis problemas. Los momentos que compartimos… era como si estuviéramos en un refugio privado donde nadie ni nada pudiera molestarnos –explicó, abrió los ojos y respiró hondo–. Después, cada uno teníamos nuestro trabajo, pero el tiempo que pasábamos juntos era precioso para mí. Quería protegerlo.

Brock envolvió la mano de ella con la suya.

–Yo puedo pagar los tratamientos de tu madre.

De inmediato, Elle negó con la cabeza, pensando con amargura en el caos que su abuelo había creado en su vida.

–No. Deja que él lo pague. Es lo menos que

puede hacer por todos los problemas que ha causado.

La mirada de Brock se suavizó.

–Tienes suerte de tener tan buena relación con tu madre –comentó él–. Admiro tu devoción hacia ella.

Capítulo Cinco

Tras una larga ducha, Elle se envolvió en una toalla y se secó el pelo con el secador. Lo siguiente que haría sería quitarle las etiquetas a su bata nueva, pensó, deseando sentir el contacto de la seda sobre la piel. Sospechaba que no habría más placeres sensuales que ése en el futuro próximo. Después de todo, Brock y ella dormían en habitaciones separadas.

Cerró los ojos para no pensar e intentó concentrarse en el aire caliente que le acariciaba el pelo y los hombros. Pocos segundos después, abrió los ojos y se encontró con Brock parado delante de ella, con el pecho desnudo y una pequeña bandeja en una mano.

A Elle se le cayó el secador del susto.

—Oh, cielos —dijo ella y se inclinó para recogerlo y apagarlo. Entonces, se le cayó la toalla a la cintura. Maldiciendo para sus adentros, se apresuró a cubrirse el pecho con ella.

—He llamado —se excusó él, recorriéndole el cuerpo con la mirada.

—No te he oído —repuso ella, sintiendo que la atracción sexual vibraba entre los dos. Se sonrojó.

—El ama de llaves pensó que igual querías un zumo con galletas y me ofrecí a traértelo yo.

Elle sonrió y agarró la pequeña bandeja. Con cuidado de que no volviera a caérsele la toalla, dejó el tentempié sobre la mesa.

–Muy amable. Anna es muy atenta, pero me regaña más que mi propia madre.

–Tal vez es porque tú estás demasiado ocupada cuidando de tu madre.

–Quizá –admitió ella, distraída por la cercanía de su cuerpo, que ella conocía a la perfección.

En ese momento, Brock llevaba unos pantalones de pijama que dejaban al descubierto su fuerte abdomen y sus anchos hombros. Elle recordó cómo había besado cada centímetro de su piel. Y recordó el gemido que él siempre había emitido cuando lo había tocado en sus partes íntimas.

–Elle, ¿en qué estás pensando ahora?

Ella se mordió el labio y apartó la mirada.

–En nada importante. Nada que merezca…

Brock le tocó el brazo y ella se interrumpió de golpe. Hacía dos semanas desde que él no la había tocado y lo había echado demasiado de menos. Incluso a pesar de sus náuseas mañaneras. Había echado de menos estar con él a solas, sin nadie ni nada que los molestara.

–No puedo creer que sigas deseándome –susurró ella.

Brock la tomó entre sus brazos y a ella le temblaron las rodillas al sentir su fuerte pecho.

–¿Por qué no? –quiso saber él. Le recorrió la espalda con la mano y la apretó contra su cuerpo.

La fuerza de su erección sorprendió a Elle. Lo miró a los ojos, buscando respuestas.

–Pero, después de lo que te hice… ¿Cómo puedes…?

Él le puso la otra mano sobre la nuca, deslizándole los dedos entre el cabello y haciendo que ella levantara la cabeza.

–No pensemos en ello.

Brock inclinó la cabeza para besarla con actitud posesiva. No debía esperar nada más que sexo, se dijo Elle, mientras sus lenguas se entrelazaban. Tal vez, él tenía razón. Quizá debía sólo concentrarse en lo que sentía y no pensar. ¿Qué podía perder?

Dejando caer la toalla, ella le rodeó la nuca con las manos y se rindió al deseo.

Brock soltó un masculino gemido y apartó la toalla. Elle suspiró al sentir los pechos desnudos contra el torso de él. Él gimió y le acarició un pezón. Ella soltó un gritito de placer, sintiéndose recorrida por una corriente eléctrica entre las piernas.

–¿Tienes algún problema? –preguntó él, rozándole la boca con los labios.

–Estoy más sensible desde que estoy… –comenzó a decir ella y se interrumpió cuando él le volvió a rozar el pezón.

–¿Quieres que pare?

–Oh, no, por favor –rogó ella, sorprendida por su propia excitación.

–¿No correrá peligro el bebé?

–El médico me dijo… –susurró ella, jadeante–. Dijo que podíamos hacer lo mismo que antes.

Brock maldijo para sus adentros, presa del deseo, y le acarició el rostro.

–Maldito sea. Te he echado de menos –reconoció él y la besó con pasión.

Con cada segundo, Elle sentía que su temperatura subía y los latidos de su corazón eran más rápidos. Quería más, mucho más. Hundiendo la lengua en la boca de él, se derritió entre sus brazos. Mientras, él levantó la rodilla y la deslizó entre las piernas de ella, frotándole en su parte más húmeda y caliente.

Elle le recorrió el vientre con las manos y metió los dedos debajo de la cintura de su pantalón. Brock le tocó los pechos, acariciándole los pezones con los pulgares.

La sensación era embriagadora, pensó Elle, deseando con frenesí sentirlo dentro de ella.

–Vamos demasiado rápido –murmuró él cuando ella le rodeó el miembro con la mano.

–Para mí, no.

–Oh, Elle –gimió él y la levantó en sus brazos para llevarla al dormitorio. La depositó sobre la cama y se quitó los pantalones.

–No sabes cuántas veces he soñado con tenerte aquí en mi cama –susurró él, mirándola a los ojos.

Acto seguido, Brock se tumbó a su lado y deslizó la mano entre las piernas de ella. La besó con ardor, hundiendo la lengua en su boca al mismo tiempo que sus dedos se movían en el interior de su feminidad, dejándola sin respiración, presa del deseo.

Pasto de las llamas de la pasión, Elle lo acarició con desesperación mientras él se inclinaba hacia ella. Sus jadeos se entremezclaron.

–Brock –dijo ella con tono de súplica y exigencia al mismo tiempo.

Un segundo después, él se deslizó en su interior. Sus miradas, brillantes de deseo, se entrelazaron. Incapaz de resistirse, ella se arqueó hacia él. Brock la penetró más en profundidad, llevándola cada vez más alto, hasta que se quedó quieto, alcanzando el clímax.

Elle lo apretó contra su cuerpo, impresionada

por la ferocidad de su encuentro. Sus corazones latían apresurados y sus respiraciones eran jadeos. Ella estaba disfrutando tanto que no quería que las sensaciones que la recorrían terminaran nunca.

Entonces, Brock suspiró y se hizo a un lado, sin soltarla de entre sus brazos.

–A partir de ahora, dormirás aquí conmigo.

A la mañana siguiente, a Elle le despertó un ruido. Abrió los ojos y vio a Brock vestido, tomando su agenda electrónica. Los primeros rayos de sol se colaban por la ventana.

Desperezándose, Elle se incorporó.

–¿Adónde vas?

Brock la miró.

–Adonde voy casi todos los sábados –repuso él–. A la oficina. Tengo que revisar algunas sugerencias que llegaron ayer para las cuentas principales. No hace falta que te levantes. Volveré esta tarde. Que tengas un buen día –se despidió él y salió del dormitorio.

Elle se quedó mirando la puerta, confundida por su actitud distante. Frunciendo el ceño, se dijo que no parecía el mismo hombre con el que había hecho el amor con tanta pasión la noche anterior. Entonces, él había actuado como si nunca fuera a cansarse de ella. En ese momento, se había comportado como si estuviera deseando perderla de vista.

La noche anterior, Elle había sentido renacer su conexión con él. Había estado segura de que volver a su cama había significado un puesto de inflexión en su relación. Pero ya no estaba segura. Brock se había mostrado tan frío… Incluso cuando no habían tenido más que una aventura de oficina, él había sido mucho más cálido, pensó y se abrazó a sí misma sintiendo un repentino escalofrío.

Brock seguía sin confiar en ella, concluyó Elle con un nudo en la garganta. No debería sorprenderle. Aunque le había vendido la idea de que podrían superar el pasado por el bien del niño, era obvio que él todavía no lo había superado. ¿Se lo perdonaría algún día? Dejándose caer de nuevo en la cama, se quedó dormida un rato, para escapar de sus pensamientos. Tras unos sueños muy desagradables, apartó las sábanas y se levantó.

No quería deprimirse. Había cosas mucho peores en el mundo. No era momento de esconder la cabeza como los avestruces. Debía hacer que su matrimonio funcionara y empezaría con la casa, decidió y se propuso redecorar la habitación de abajo.

Lo primero que desechó fueron las cortinas. El ama de llaves soltó un grito sofocado cuando vio a Elle de pie en una silla, descolgándolas.

–Señora Maddox, ¿qué diablos está haciendo? –preguntó Anna.

–Brock me ha dicho que elija una habitación y la redecore. He elegido ésta.

El ama de llaves puso los ojos como platos.

–Oh, cielos. ¿Lo ha hablado él con su madre?

–No lo creo –repuso Elle–. Pero me dijo que no creía que a su madre le importara que redecorara una habitación. No es como si estuviera cambiando la casa entera.

–Es verdad –opinó el ama de llaves, asintiendo. Sin embargo, su expresión, decía otra cosa.

Elle suspiró.

–¿No te parece bien? No quiero que la madre de Brock se moleste.

–Técnicamente, la casa le pertenece al señor Maddox. La señora Maddox ha vivido aquí desde que su esposo murió, pero el dueño de la casa es el señor y, como usted es su esposa, sus deseos deberían ser respetados.

–Una forma educada de advertirme que puede haber problemas –observó Elle y levantó la mano–. No te preocupes. No espero que me apoyes. No quiero que sientas dividida tu lealtad –indicó y volvió a centrar su atención en la habitación–. Quiero hacer que este sitio sea cómodo para Brock. Quiero que se sienta a gusto y pueda relajarse aquí.

–Me parece una idea excelente.

–Tenemos que quitar las cortinas –señaló Elle–. Y la mayoría de los muebles y los adornos.

–Como desee –repuso el ama de llaves–. Pero, por favor, deje que Roger lo haga. El señor Maddox me cortaría la cabeza si la viera subida en una silla.

Elle se pasó unas horas envolviendo adornos y metiéndolos en cajas, mientras Roger recogía todo lo que parecía pesar, aunque sólo fuera un poco.

–No quiero ser entrometida, pero tal vez quiera alguna sugerencia. El señor Maddox contrató a unos decoradores –comentó Anna.

–Gracias. Me vendría bien alguna sugerencia y conozco a una persona experta en estas cosas. Le haré una visita –repuso Elle, pensando en Bree Kincannon Spencer.

La amistad de Bree había sido otro de los sacrificios que Elle había tenido que hacer por culpa de la guerra corporativa que su abuelo había instigado. Aunque era posible que Bree no la perdonara, ella quería disculparse por lo que había hecho. Le ponía un poco nerviosa la idea, pero era necesario hacerlo.

–¿Estás seguro de que encontrarás dónde almacenar tantos muebles?

Roger asintió.

–Sin problemas. Le encontraremos un lugar.

–Gracias –dijo Elle y sonrió–. A los dos.

A continuación, Elle subió a su habitación y telefoneó a Bree, con la idea de dejarle un mensaje que, posiblemente, su antigua amiga ignoraría.

–¿Hola? –respondió Bree sin aliento tras varios timbres de llamada.

Sorprendida al escuchar su voz, Elle se quedó un instante sin saber qué decir.

–¿Hola? –repitió Bree–. ¿Elle?

–Sí, soy yo –contestó Elle, dando vueltas por la habitación con el teléfono en la mano–. Mira, sé que lo más probable es que me odies. Si yo fuera tú, también me odiaría, y querría que me dieras una explicación. Nada puede justificar lo que hice, pero quiero que sepas que tu amistad significaba mucho para mí. Me gustaría poder contarte bien qué fue lo que pasó.

El silencio retumbó al otro lado de la línea. Elle sintió un nudo en el estómago.

–Entiendo que no quieras escucharme y supongo que estarás ocupada con Gavin, ya que es sábado…

–He mandado a Gavin al golf –repuso Bree–. Necesitaba tomarse un descanso de su nuevo negocio y sé que echaba de menos jugar, pero temía que yo me sintiera rechazada si se iba. Tuve que insistirle.

–Eres muy afortunada –opinó Elle en voz baja, pensando en cómo se había ido Brock esa mañana, antes incluso de que ella se levantara de la cama.

–Puedo quedar contigo dentro de una hora. Gavin no volverá hasta las cinco. Hay una cafetería en nuestra calle. ¿Te parece bien quedar allí?

–Sí, gracias, Bree. Significa mucho para mí.

Una hora después, Elle entró en la cafetería y vio a Bree sentada en una mesa. La joven se puso de pie y Elle, de inmediato, se dio cuenta de que parecía imbuida de mayor confianza. Recordó cuando Bree le había pedido ayuda para trazarse una estrategia para captar la atención de Gavin. Durante años, Bree había tenido muy poca confianza en sí misma, aunque era una verdadera belleza. En ese momento, estaba radiante. Era una mujer casada muy feliz y también una amiga a la que había traicionado.

Elle sintió un nudo en el estómago por los nervios.

–Bree, gracias por venir –dijo Elle con voz temblorosa–. Siento mucho lo que hice –añadió y le contó toda la historia de su abuelo y la enfermedad de su madre.

Quince minutos después, Bree le dio la mano.

–Oh, cielos. Qué horror. ¿Por qué no me lo dijiste? Podría haberte ayudado. Sabes que tengo dinero.

–No podía hacer eso. Me sentía atrapada y asustada. Cada día me odiaba más a mí misma por lo que estaba haciendo. Y cuando Brock y yo... –dijo Elle y se le quebró la voz.

Bree la miró con simpatía.

–Gavin me contó que Brock parecía destrozado cuando el investigador privado le dio la noticia.

Aunque Elle, en el fondo, había sospechado que a Brock le dolería la noticia, se había preguntado si él se había tomado su traición más como un golpe a su ego que a su corazón. No podía estar segura.

–Bueno, la buena noticia es que Brock y tú os habéis casado, así que todo está arreglado –comentó Bree con alegría.

Elle no respondió, pero Bree debió de intuir algo por su expresión.

–¿Qué sucede? Brock debe de haberte perdonado, ¿no?

–No es tan fácil –contestó Elle–. Estamos trabajando en ello –afirmó y se mordió el labio–. Estoy embarazada –susurró.

Bree la miró con ojos como platos.

–Oh, cielos. ¿Estás entusiasmada? ¿Y él? Ya sé que lo habéis pasado mal, pero un bebé… ¡es una excelente noticia!

Elle se dio cuenta, más que nunca, de lo mucho que había echado de menos a Bree en las últimas semanas.

–Más o menos –repuso Elle–. Por ahora, estoy intentando sobreponerme a las náuseas mañaneras.

–Mi matrimonio tampoco tuvo un comienzo fácil. Sólo puedo aconsejarte que resistas. Las cosas pueden cambiar para mejor. Para mí, cambiaron. Durante un tiempo, pensé que Gavin nunca me querría, pero ahora no lo dudaría ni un momento.

–Me alegro mucho. Te mereces ser feliz –señaló Elle.

Bree le lanzó una mirada compasiva.

–Y tú, Elle.

–¿Crees que podrá perdonarme?

–Ya está hecho. Pero también vas a tener que perdonarte a ti misma.

Elle se sintió un poco mejor. Llevaba tanto tiempo cargando con el peso de la culpa que se había acostumbrado a él. Que su amiga Bree la perdonara le dio esperanzas de que Brock y ella podía hacer que su matrimonio funcionara.

–Muchas gracias, Bree –dijo ella–. Ahora quiero pedirte un favor. ¿Recuerdas cómo te ayudé con tu pequeño cambio de look para atraer a Gavin?

Bree asintió.

–Pero tú no lo necesitas.

–Es el estudio de Brock en casa lo que necesita un cambio. Tú tienes muy buen ojo. Esperaba que no te importara ayudarme.

–Me halagas. Claro que te ayudaré.

Después de tomar fotos del estudio y de hablar de algunas ideas, Elle y Bree decidieron irse de compras y encontraron un sofá perfecto, un sillón reclinable, y una mesita baja.

Elle no estaba acostumbrada a que le entregaran las compras con tanta rapidez y se quedó estupefacta cuando Bree lo arregló todo para que les llevaran los muebles de inmediato. Después, Bree se despidió con un abrazo y Elle se fue a una tienda de electrónica para comprar una pantalla gigante de televisión. En cuanto mencionó la dirección, el gerente de la tienda accedió a hacer la entrega inmediata.

A las siete y media, Elle estaba sentada en el nuevo sofá, viendo una película romántica en la pantalla gigante y picando un plato de pollo asado con macarrones y queso. Lo malo era que Brock todavía no había llegado a casa. Se consoló devorando los macarrones, a pesar de que sabía que le harían engordar demasiado.

Poco antes de las ocho en punto, Brock entró en la habitación y miró a su alrededor, sorprendido.

–¿Dónde están los muebles?

–Me dijiste que redecorara –repuso ella–. Lo he cambiado todo.

Brock miró la televisión.

–Qué grande. Seguro que uno se siente como si estuviera jugando en el campo al ver un partido de béisbol ahí.

–Ésa es la idea –contestó ella, satisfecha con su compra–. ¿Quieres probar el nuevo sillón?

Brock sonrió y se acercó al sillón. Se sentó y lo reclinó un poco.

–Es perfecto.

Elle resplandeció de alegría.

–Me habré sentado en unos cincuenta sillones antes de elegir éste.

–Me gusta el sofá también. La habitación tiene un aspecto diferente por completo.

–Todavía no he terminado, pero creo que ha sido un buen comienzo.

Brock la miró con gesto inquisitivo.

–Has estado muy ocupada.

Ella asintió.

–Así es.

Brock miró su plato.

–Y estás comiendo bien, también. Me alegra.

Elle suspiró y señaló a su plato vacío.

—Me apetecen mucho los carbohidratos. Me voy a poner como una vaca.

—Serás una madre preciosa –comentó él con voz suave.

—¿Eso crees de verdad?

—Sí.

Elle quiso preguntarle si la había echado de menos y si había pensado en ella, pero temió que a él le pareciera una pregunta tonta.

—¿Qué tal te ha ido el día? –preguntó ella.

—Bien. Mejor de lo que esperaba. He cenado con un posible cliente. La dueña de una compañía de cosméticos de la costa oeste –contestó él y se levantó de la silla.

—Suena muy bien –señaló ella, esperando que le contara más cosas.

—Está en la fase inicial. Puede pasar cualquier cosa. Ya sabes cómo es esto –indicó él y la recorrió con la mirada, lleno de deseo–. Ven arriba. Podemos darnos un baño caliente.

Su mirada de pasión hizo que ella se olvidara de todas sus preguntas.

—El embarazo y los baños calientes no hacen buena combinación. Creo que las altas temperaturas no son buenas para el bebé.

Él asintió.

—Entiendo.

—Pero una ducha me sentará bien –dijo ella.

—Sube conmigo –pidió él y le tendió la mano–. Te he echado de menos.

Aquellas tres palabras fueron mágicas para ella.

El domingo, Brock no fue a la oficina y Elle lo

persuadió para ir a dar un paseo a la playa y hacer un picnic allí.

Brock se recostó en la manta que habían extendido sobre la arena.

–No recuerdo cuándo fue la última vez que hice esto.

–Tal vez, deberías hacerlo más a menudo –señaló ella, guardando los restos de su comida.

–Quizá –aceptó él, recorriéndola con la mirada, y le dio un trago a su botella de agua–. ¿Te estás adaptando a ser esposa de un Maddox?

–Poco a poco –repuso ella–. Sólo espero que mi marido pase más tiempo en casa cuando nazca su hijo.

Él respiró hondo y asintió con la cabeza, pensativo.

–Estoy en ello. Mi padre siempre pasó mucho más tiempo en la oficina que con nosotros.

–¿Qué quieres? –preguntó ella–. ¿Pasar más tiempo en el trabajo? ¿O con tu hijo?

–No lo había pensado hasta ahora –admitió él–. Siempre he estado ocupado protegiendo e invirtiendo en la compañía.

–Yo no sé cómo debe actuar un padre –confesó ella y se encogió de hombros–. El mío se fue en cuanto supo que mi madre estaba embarazada.

–Debió de ser difícil para las dos.

Ella asintió.

–Lo fue. Pero mi madre y yo siempre hemos estado muy unidas, así que tengo suerte. He conocido el amor incondicional.

–Sin embargo, algo me dice que la has cuidado mucho también.

–Cierto –admitió ella–. También es verdad que,

cuando estoy a su lado, siempre me siento bien. ¿Alguna vez te has sentido así con tu padre?

–Hmm –replicó él–. Buena pregunta. Siempre me presionaba para que hiciera las cosas mejor –recordó y la miró–. En ese sentido, no tuve tanta suerte como tú –añadió, se levantó y se acercó a ella para besarla–. ¿Qué te motivó para trabajar tanto?

–No quería estar a merced de ningún hombre –contestó ella, sin pensarlo.

Él arqueó las cejas.

–¿De verdad?

–Sí. Durante toda mi vida, mi abuelo nos dio apoyo económico y yo tuve la sensación de que se avergonzaba de nosotras. No quería seguir así toda la vida. Estudié y trabajé mucho –dijo Elle y cerró los ojos–. Entonces, mi madre enfermó.

Brock le acarició la mano.

–¿Cuándo acudió a ti Koteas?

–Cuando mi madre empezó a empeorar –contestó ella con amargura–. Lo único que podía ayudarla era el tratamiento experimental. Por supuesto, el seguro no lo cubría. Y mi abuelo estaba dispuesto a pagarlo a cambio de un plan.

–¿Tenías un plan para seducirme?

Elle rió y abrió los ojos para mirarlo.

–Es una de las cosas más graciosas que me has dicho. Me aterrorizaba que no me contrataras. Cuando al fin lo hiciste, quedé fascinada por ti. Me pareciste una fuerza imparable. Nunca había conocido a nadie como tú.

–Te acostaste conmigo sin pensártelo.

–Yo… –comenzó a decir ella y se interrumpió, poseída por un tumulto de emociones contradictorias–. No quería desaprovechar la oportunidad de estar contigo. ¿Por qué decidiste hacerlo tú?

–Por lo mismo, creo –dijo él, acariciándole la nuca y acercándose a su boca–. No pude resistirme a ti.

Capítulo Seis

–¡Oh, cielos! ¡Han entrado los vándalos! –gritó una voz de mujer.

Elle salió de la ducha y se puso el albornoz a toda prisa. Alarmada, abrió la puerta y bajó las escaleras.

Otro grito salió del estudio.

Descalza, Elle llegó hasta allí y vio a la madre de Brock, furiosa.

–Oh, cielos –repitió Carol.

–No han sido los vándalos –explicó Elle sin aliento–. He sido yo.

Carol la miró y frunció el ceño.

–¿Quién eres tú?

Elle se esforzó por controlar los nervios.

–Soy Elle. Elle Linton…

–Linton –le interrumpió Carol–. Ese nombre me resulta familiar–. No me lo digas –añadió, cuando Elle abrió la boca para hablar–. Conozco ese nombre –afirmó, parpadeando–. Eres la secretaria de mi hijo. ¿Por qué estás aquí? ¿Por qué llevas un albornoz? ¿Y por qué has destruido mi estudio? –preguntó, mirando a su alrededor con desaprobación.

Elle hizo una pausa antes de hablar.

–Soy Elle Linton Maddox.

Carol arqueó las cejas.

–¿Maddox? Oh, cielos. ¿Mi hijo se ha casado

contigo? –preguntó la mujer y, al instante, posó los ojos en el vientre de Elle–. ¿Estás embarazada?

Elle se aclaró la garganta, dándose cuenta de que Brock no se había tomado la molestia de informar a su madre de su matrimonio.

–Brock y yo nos casamos la semana pasada.

–Ah –dijo Carol, sin palabras–. No me lo ha dicho.

Aunque Elle comprendía por qué Brock evitaba a su madre tanto en su vida profesional como personal, sintió compasión por ella. No podía ser fácil enterarse de que su hijo mayor se hubiera casado... por boca de la esposa misma.

–Lo siento. Sé que esto es extraño –señaló Elle–. Brock me ha hablado mucho de usted.

Carol esbozó una cínica sonrisa.

–Cosas buenas, supongo –comentó la madre de Brock, mirando a su alrededor de nuevo–. ¿Puedes explicarme qué le ha pasado a esta habitación?

–Bueno, Brock me pidió que eligiera una habitación de la planta baja y la redecorara –explicó Elle y se encogió de hombros–. Elegí el estudio.

–Ah. Supongo que no debería sorprenderme. Iba a pasar antes o después –señaló Carol y volvió a posar los ojos en Elle–. Así que eres esposa de Brock Maddox –comentó y se acercó a ella–. Supongo que no tienes ni idea de en qué te estás metiendo, pero puedo darte algunas pistas. Acabo de llegar de Aspen hace una hora... hice una parada allí en mi vuelo de regreso de Europa. Deja que me refresque y las dos podemos comer juntas.

Incómoda ante su propuesta, Elle meneó la cabeza.

–No puedo. Acaba de llegar. Seguro que quiere relajarse.

–Nada de eso –aseguró Carol y esbozó una falsa sonrisa–. Quiero conocer a la esposa de mi hijo –afirmó y volvió a mirarle el vientre a Elle–. No me has respondido. ¿Estás embarazada?

Elle pensó en negarlo, pues sabía que Carol pensaría que Brock sólo se había casado con ella por eso. Algo que, por supuesto, era la verdad.

–Sí, lo estoy.

Carol asintió. Miró el anillo de Elle.

–¿Nos vemos dentro de una hora?

–Me parece bien, gracias –contestó Elle–. Pero, si tiene que hacer alguna otra cosa, no importa…

Carol sonrió de nuevo. No hay nada más importante que esto.

Una hora después, Elle se reunió con Carol en su Bentley, conducido por el chófer, llamado Dirk. Carol la ametralló con preguntas durante el camino y Elle hizo lo posible por responder con toda la neutralidad posible. El coche paró delante de un lujoso restaurante en un barrio muy distinguido.

–Aquí estamos –dijo Carol y la condujo al restaurante.

Enseguida, el camarero les dio una mesa.

–Bueno, háblame de ti –pidió Carol–. Y de tu romance con mi hijo.

Elle se encogió de hombros.

–Nos ha tomado un poco por sorpresa a los dos. Entre nosotros, surgió una conexión especial…

–Es obvio, ya que estás embarazada. ¿De cuánto estás?

–De unos tres meses –contestó Elle, intentando ignorar el tono de Carol–. Me gustaría saber más cosas de la familia de Brock. ¿Cómo era Brock de pequeño? Seguro que tiene muchas historias que contar de su hijo.

–No tantas como crees. Ser esposa de James Maddox era un trabajo a tiempo completo. Mi marido esperaba que estuviera a su lado en las cenas de negocios. Tenía que unirme a clubs y asociaciones para dar publicidad al nombre de los Maddox. La compañía siempre fue lo primero para mi marido. Igual que para Brock –opinó Carol–. Pero seguro que ya lo sabes, pues has trabajado para él.

–¿No tiene ningún recuerdo de Brock de niño?

–Era muy nervioso. Muy activo, muy curioso y ambicioso desde que nació. Por supuesto, eso le encantaba a su padre. Tuvimos una niñera antes de enviarlo al colegio interno. Su padre estaba muy concienciado con la educación de Brock. Siempre se esforzó porque fuera un alumno sobresaliente. Hablando de niñeras, puedo darte una lista de la agencia más prestigiosa de San Francisco.

–No, no he pensado en niñeras todavía –repuso Elle, pensando que su forma de entender la crianza era muy diferente de la de Carol Maddox.

–Bueno, no lo dejes para el final. Estoy segura de que Brock esperará lo mejor para su hijo. Igual que su padre –señaló Carol–. Como ya no trabajas para él, ¿has decidido a qué clubs te vas a apuntar? Puedo ayudarte con eso, también.

Elle se encogió de hombros y sonrió, intentando no sentirse abrumada.

–Si le soy sincera, entre el matrimonio, la mudanza y el embarazo, no he pensado en esas cosas todavía.

–Ah, el embarazo –dijo Carol y meneó la cabeza–. Lo pasé fatal en mis dos embarazos. Tal vez, tengas suerte y el bebé sea niño, así podrás convencer a Brock de que no tengáis más. Tener un segundo hijo fue necesario para la salud de mi matrimonio –explicó–. Nunca olvides que siempre hay muchas mujeres intentando llamar la atención de un hombre rico y no les importa que esté casado o no. Siempre habrá alguien intentando quitarte el marido.

Cuando Elle regresó a casa, sólo quería trepar a la cama y esconderse bajo las sábanas. Casarse con Brock había sido el mayor error de su vida, se dijo. Debió haberse ido a México o a Canadá o a París. A cualquier sitio lejos de la horrible madre de Brock. Sintiéndose agobiada, salió de la casa y se dirigió a casa de su madre. Se pasaron toda la tarde hablando y horneando galletas para el grupo de autoayuda de Suzanne.

Cuando dieron las siete de la tarde, su madre la rodeó con un brazo.

–Tesoro, ¿no deberías estar con tu marido?

–Está trabajando. No le importará que esté contigo.

–Pero se está haciendo tarde –insistió su madre–. ¿Estás segura de que no habrá llegado a casa?

El teléfono móvil de Elle sonó. Ella se encogió, intuyendo quién era.

–¿Elle? –la apresuró su madre, cuando vio que ella no se movía para responder.

Elle tomó el móvil del bolso y respondió.

–Hola.

–¿Dónde estás? –le preguntó Brock.

–Con mi madre –repuso Elle, forzándose a sonreír–. Preparando galletas. ¿Dónde estás tú?

–En casa, buscando a mi esposa –contestó Brock e hizo una pausa–. Mi madre te ha asustado, ¿verdad?

Elle rió, nerviosa.

–No puedo mentirte. Asusta un poco.

–Ven a casa –pidió él–. Te protegeré.

–No podrás protegerme durante el día, cuando estés en el trabajo.

–Puedo comprarle a mi madre otra casa –indicó él–. Le dejaré que la llene con las cosas que hay en ésta.

–Tu madre no puede ser tan mala –aventuró ella–. Te tuvo a ti.

–No me lo recuerdes.

–No lo sé. Seguro que no sabes todo lo que pasó entre tu padre y ella.

–No la defiendas.

–No. Sólo digo que puede haber más cosas bajo la superficie.

–Estoy de acuerdo. Hay bótox, estiramientos faciales…

–Dale un respiro a la pobre mujer. Lleva toda la vida esforzándose por ser la señora de James Maddox.

–Te ha lavado el coco –adivinó Brock.

–No, pero entiendo algunas de sus quejas.

Hubo un silencio.

–Debes de estar bromeando –dijo él.

–No.

–Ya está bien. Voy a mandar a Roger para que te recoja.

–Puedo ir en mi coche.

–No quiero que conduzcas de noche.

Elle miró al techo.

–Peor para ti –replicó ella y colgó. Notando que su madre la observaba, fingió seguir con la conversación–. Claro que iré a casa ahora mismo, cariño –dijo y miró a su madre–. Tengo que irme.

Su madre la miró con gesto de sospecha.

–¿Estás segura de que todo va bien entre vosotros?

–Segura –mintió Elle, evitando mirar a su madre a los ojos–. Somos recién casados. Estamos conociéndonos. Además, estoy embarazada. Es complicado, pero Brock es un hombre increíble –señaló, sin necesidad de mentir más–. Nos vemos pronto –se despidió y le dio un abrazo a Suzanne.

Treinta minutos después, Brock oyó que se abría la puerta principal. Soltó un suspiro de alivio. Si hubiera sabido que su madre iba a regresar ese día, habría encontrado el modo de proteger a Elle. Su madre era la mujer más manipuladora que había conocido. Él había querido echarla de su casa en muchas ocasiones, pero nunca había tenido una razón lo bastante buena. Hasta ese momento.

Brock caminó hasta la entrada, donde encontró a Elle.

–Elle.

Ella se giró.

–Hola.

–Siento que tuvieras que enfrentarte a mi madre sola hoy.

Ella hizo una mueca.

–No es una asesina –bromeó Elle–. Aunque tiene algunos problemillas.

–Eso es poco decir –murmuró él–. La sacaré de aquí cuanto antes.

Elle frunció el ceño.

—¿Qué? —quiso saber él.

—Odio que la eches por mi culpa —afirmó ella—. Me parece muy triste.

A él se le inundó el corazón de calidez al ver la mirada compasiva de su esposa. Elle tenía un buen corazón, pero su compasión por Carol no era necesaria, pensó.

—Comprarle una casa a Carol no tiene nada de malo. No la voy a echar de casa para que viva en la calle.

Elle se mordió el labio.

—¿Estás seguro de que es lo más adecuado?

—Estoy seguro, por el bien de Carol y por el bien de nuestro matrimonio —afirmó él con firmeza.

Dos días después, Carol se mudó a una nueva casa a unas pocas calles de allí y un camión de mudanzas le llevó todas sus cosas. Por desgracia, se llevó muy pocos muebles de la casa de Brock, por lo que Elle iba a tener que decidir de qué cosas deshacerse.

Elle se giró hacia Anna.

—¿Y si tiro algo importante que perteneciera a James?

Anna apretó los labios con simpatía.

—La ayudaré. Pero el señor James murió hace años.

—De acuerdo. Antes de tirar nada, te lo consultaré, Anna. Si tenemos dudas sobre algo, lo guardaremos en el almacén.

Durante la semana siguiente, Elle estuvo revisando todas las cosas de la casa. Dedicaba a ello doce horas al día y caía en la cama exhausta. Cuando Brock la despertó un día, ella no estaba segura ni de qué día de la semana era.

—Esto no puede seguir así —dijo Brock—. Es malo para tu salud. Y para el bebé.

—Ya casi he terminado. Sólo necesito un par de días más —aseguró ella, agotada en la cama.

Brock suspiró.

—Todavía tengo mucho que hacer en el trabajo, estoy a punto de cerrar otro trato con Prentice, pero me gustaría irme contigo de vacaciones —señaló él, acariciándole el pelo.

—¿De verdad? ¿Adónde?

—A algún sitio tranquilo —contestó él—. Lejos de aquí.

—He intentado exorcizar los fantasmas de la casa, pero no estoy segura de haberlo conseguido.

—¿Fantasmas?

—Mal karma. Malos recuerdos —replicó ella—. No estoy segura de en qué consisten, pero no quiero que contaminen nuestro futuro —murmuró ella.

Brock la tomó de los hombros y la miró a la cara. Se sumergió en sus ojos azules, lleno de deseo.

—El mal karma no existe —aseguró él—. Te dije que yo te protegería.

Ella suspiró.

—Con el pasado que llevamos a nuestras espaldas, va a hacer falta algo más que un guerrero para conseguir que nuestro matrimonio funcione.

Brock pudo leer en sus ojos una determinación de acero. Algo muy primitivo se despertó dentro de él. Nunca había conocido a una mujer como Elle, alguien capaz de potenciar toda su fuerza y su pasión.

–No dejas de sorprenderme.

–¿Eso es bueno o malo? –preguntó ella con ojos tristes.

–Lo sabrás a su tiempo. Mientras, haz la maleta. Vas a salir de aquí –ordenó él, tomando una decisión al instante. Si Elle tenía que descansar, debía llevarla a otro lugar.

Horas después, Brock conducía hacia las montañas.

–Tengo una casa a unas horas de la ciudad. Voy tan a menudo como puedo, aunque últimamente no había tenido tiempo para eso.

Elle se relajó en el asiento de cuero.

–Nunca me habías dicho que tuvieras una casa en el campo. Cuando yo trabajaba contigo, nunca fuiste.

–Cuando trabajabas conmigo, yo pasaba todo el tiempo libre que tenía contigo –repuso él y tomó un desvío hacia la montaña.

Ella giró la cabeza hacia él.

–Me alegra saber que yo no era la única que estaba medio loca –comentó ella.

Brock la miró un instante y rió.

–Medio loco es poco decir.

–Sí, sí –contestó ella–. Al menos, tú te quedabas toda la noche en tu apartamento. Yo solía conducir de vuelta a mi casa en medio de la noche.

–¿De qué estás hablando? Mi chófer te llevaba.

–Oops.

Brock la miró, sintiéndose frustrado.

–¿Quieres decir que Dirk no te llevaba a casa todas esas noches?

Elle hizo una pausa.

–No he dicho eso.

–Porque no quieres que lo despida –replicó él–. ¿Cómo diablos conseguiste convencerle de que no lo hiciera?

–No fue fácil, pero le hice ver que tendría que explicarle a mi madre por qué llegaba a casa con un chófer, sobre todo cuando al día siguiente iba a tener que ir al trabajo conduciendo yo sola. Dirk siempre me seguía para asegurarse de que llegara bien.

–Supongo que no debería sorprenderme tanto. Dirk hizo lo correcto al seguirte –opinó Brock–. No me había dado cuenta de lo testaruda que puedes ser.

–Cuando trabajaba para ti, mi misión era anticiparme a todas tus necesidades, para hacerte la vida todo lo fácil que pudiera –señaló ella–. Ahora soy tu esposa.

–¿Quieres decir que tu misión ha cambiado? –preguntó él, riendo.

Hubo un momento de silencio. Ella le lanzó una rápida mirada, pensativa.

–Elle, ¿qué sucede?

–Me preocupa cómo vamos solucionar las cosas para que los dos estemos a gusto. No soy como tu madre.

–Gracias a Dios.

–Lo que quiero decir es que no soy la clase de superesposa que un magnate de los negocios espera. Si te casaste conmigo pensando que iba a amoldarme a todos tus deseos, entonces vamos a tener problemas. ¿Te das cuenta de que todavía no hemos hablado de cómo educar a nuestro bebé? Según lo que dijo tu madre, tu padre estaba decidido a criarte como una especie de superjefe del imperio Maddox. Sin embargo, te aviso de que yo quiero una educación mucho más equilibrada para nuestro hijo.

Ofendido por lo que Elle había dicho de su padre, Brock apretó las manos sobre el volante.

–Mi padre se aseguró de que yo tuviera lo mejor, la mejor educación...

–La mejor niñera –interrumpió Elle–. ¿Y si yo no quiero que una niñera críe a mi hijo? ¿Y si no quiero que mi hijo va a un colegio interno?

Brock percibió el pánico en la voz de Elle y se dio cuenta de dónde provenía todo. Respiró hondo para calmarse.

–Carol te ha puesto nerviosa sin motivo. Deberías saber que le encanta causar problemas. Creo que sólo quería intimidarte, Elle.

–Sacó algunos temas importantes, Brock. Para empezar, no pienso adscribirme a un montón de clubs y sociedades para la clase alta, si eso significa dejar abandonado a mi hijo. Dime la verdad. Cuando te casaste conmigo, ¿esperabas que asumiera mi papel igual que hizo tu madre?

Brock meneó la cabeza, sintiendo que algo dentro de él se retorcía, furioso porque su madre hubiera empeorado una situación que, ya de por sí, era bastante delicada.

–No he pensado en eso, si te soy sincero –repuso él–. Sólo sabía que quería hacer lo mejor para el niño y eso significaba casarnos.

Elle se quedó en silencio un momento.

–Bueno, pues eso ya está hecho, puedes tacharlo de tu lista –señaló ella–. Pero hay otras cosas de las que tenemos que hablar.

Brock se pasó la mano por la cabeza, frustrado.

–Siempre está creando conflictos –murmuró él–. Por suerte, ya no estará más en casa. Ya verás como todo sale bien –afirmó. Él pensaba encargarse de ello. Su anterior compromiso había fracasado, pero no dejaría que sucediera lo mismo con su matrimonio–. Ahora relájate. Es hora de que te tomes un descanso.

A pesar de las preocupaciones que poblaban su mente, Elle se adormeció. Cuando estaban llegando a un claro, abrió los ojos y vio una casa de campo. La serenidad que impregnaba el entorno hizo que su tensión se disipara al instante.

–Qué hermoso –dijo ella–. Cuánta paz.

–La casa estaba hecha un desastre cuando la compré. La remodelé por completo –comentó él–. Un guarda cuida de ella cuando no estoy y llena el frigorífico cuando le aviso de que voy a venir. Su esposa suele preparar un par de comidas y las deja en el congelador, listas para ser recalentadas. Así, no tendremos que cocinar.

–Desde que te conozco, siempre has estado muy inquieto y ocupado. Me cuesta imaginar que seas capaz de relajarte tanto como para disfrutar de esto. ¿Cuál ha sido tu estancia más larga aquí? –preguntó ella cuando él paró el coche.

–Una semana en invierno. Hay una estación de esquí cerca de aquí. Pasé otra semana trabajando en la casa un verano. Y he venido muchos fines de semana –respondió él–. Pero la compré más para tomarme pequeñas vacaciones de vez en cuando. Vamos. Quiero enseñarte la casa.

Brock salió del coche y condujo a Elle al porche delantero, donde había un balancín de madera que colgaba del tejado. Había también dos mecedoras y una mesa, que daban una sensación muy acogedora y relajada. Ella lo siguió a través de la puerta principal hasta el vestíbulo. La luz entraba por enormes ventanas, extendiéndose sobre el suelo, cubierto por suaves alfombras. A continuación, entraron en una amplia habitación con sillones y sillas de cuero, mesas blancas de madera y una pantalla plana de alta definición que se parecía mucho a la que ella había elegido para el estudio de Brock en su casa.

Elle lo miró a los ojos y se rió.

—Es del mismo tamaño que la que yo compré, ¿verdad?

Él sonrió y la tomó de la mano.

—Debes de conocer mis gustos muy bien —señaló Brock, besándole la mano.

A Elle le dio un brinco el corazón ante un gesto tan encantador. Ella sabía que su marido tenía mucho encanto, aunque no lo hubiera demostrado durante las últimas dos semanas. Era comprensible, sin embargo, pensó.

—Vamos afuera —indicó él—. Las vistas te van a dejar sin aliento.

Brock la guió por unas puertas de cristal a una terraza desde la que se veían los valles y los picos de las montañas.

—Es increíble. Me sorprende que no vengas aquí todos los fines de semana.

—He tenido demasiado trabajo —repuso él, mirando al paisaje—. Sobre todo, durante los últimos meses.

A Elle se le encogió el estómago con una punzada de culpabilidad.

—Por mi culpa —dijo ella.

Brock pestañeó, pero no la miró.

–Es agua pasada –afirmó él–. Ahora tengo que concentrarme en reparar el daño y asegurarme de que la compañía sea sólida en el futuro.

Más que nunca, Elle lamentó haber hecho todavía más difícil el trabajo de Brock. Le puso la mano en el brazo.

–Te aseguro que lo siento mucho –dijo ella.

Brock se encogió de hombros.

–Como te he dicho, no podemos centrarnos en eso. Tenemos que seguir con nuestras vidas. Hablando de eso, déjame que te enseñe el resto de la casa.

Elle le dio la mano, deseando poder llegar a su corazón. Aunque él la había dejado acercarse mucho, ella todavía tenía la sensación de que mantenía una barrera protectora que los distanciaba. Por ejemplo, Brock nunca le había hablado del fracaso de su anterior compromiso. Ella no se atrevía a sacar el tema, pero empezaba a cansarse de que hubiera tantos secretos entre los dos. Armándose de valor, levantó la vista hacia él.

–¿Trajiste alguna vez a tu anterior prometida aquí? –preguntó ella con suavidad.

Brock la miró sorprendido y negó con la cabeza.

–No, lo pensé, pero nunca tuvimos tiempo. Claire no comprendía las exigencias de mi trabajo. Quería a un hombre que pudiera dejarlo todo e irse de viaje con ella cuando ella quisiera. Yo no podía complacerla. No fue todo culpa suya, sin embargo. Cuando comprendí que nuestra relación no podía funcionar, lo único que hice fue sumergirme más en el trabajo.

–¿Fue difícil para ti la ruptura?

–No me gusta fracasar –repuso él con una amarga sonrisa–. En nada. En mis años de universidad, yo estaba enamorado de ella, pero ella siempre tenía pareja. Nos encontramos una vez cuando ella no tenía novio y yo pensé que, al fin, había llegado mi oportunidad.

A Elle se le encogió el corazón al imaginar a Brock esperando a una mujer durante tanto tiempo. Ella no le había hecho esperar en absoluto. Se había entregado de pies a cabeza desde el primer momento.

–Si la querías desde hacía tanto tiempo, ¿por qué la dejaste escapar?

–Ella no era feliz. Además, no estoy seguro de que lo que sintiera por ella fuera amor. Era más un caso de deseo insatisfecho. Pero mis fantasías no tenían nada que ver con la realidad. No estábamos hechos para estar juntos.

Asimilando su explicación, Elle esbozó una tímida sonrisa.

–¿Y tú crees que nosotros sí estamos hechos para estar juntos?

–Las cosas nos van a salir cada vez mejor. Confía en mí.

Brock la llevó a la habitación principal, que tenía las mismas vistas que la terraza, y la miró con orgullo.

–No está mal, ¿verdad? Invertí dinero en este lugar después de haber estado trabajando tres años para mi padre y conseguir una nueva cuenta. A él le molestó mucho que no se lo consultara primero.

–No creo que tuvieras que consultárselo a nadie –opinó ella–. Es algo muy tuyo, casi un secreto.

Brock arqueó las cejas.

—Es una apreciación interesante —comentó él, mirando por la ventana.

—Bueno, es la verdad. ¿A cuánta gente le has hablado de este sitio? —preguntó ella.

—A pocas personas. Mi hermano lo sabe.

—Tu único acto de rebeldía.

—Oh, me he rebelado más de una vez —aseguró él—. Éste ha sido mi acto de rebeldía más productivo, eso sí.

—¿Lo vio tu padre después de que lo remodelaras?

—No —respondió él—. Mi padre era un gran hombre, pero no le gustaba admitir que se había equivocado.

—A ti no te sucede lo mismo. Ésa fue una de las cosas que me atrajo de ti. Confías mucho en ti mismo y puedes tomar decisiones con la rapidez del rayo. Lo comprobé cuando trabajaba contigo. Y, en los pocos momentos en que te equivocabas, lo admitías y cambiabas el rumbo.

—El negocio de la publicidad requiere decisión. Si te quedas dándole vueltas a algo durante demasiado tiempo, puedes perder el tren. Hay demasiadas personas que cuentan conmigo para que eso no pase —repuso él, mirándola con intensidad—. No puedo decepcionarlas.

Brock nunca se permitiría decepcionar a las personas que dependían de él, igual que nunca abandonaría la responsabilidad que tenía con su hijo. Su sentido de la obligación era muy sólido. Elle se estremeció al preguntarse si él sería capaz de portarse como un padre comprensivo, como ella esperaba, o si se comportaría como un hombre rígido y exigente, igual que su padre había hecho con él.

—¿Tienes hambre? —preguntó él—. He avisado

con antelación para que nos preparen una comida fría. Después, igual quieres echarte un poco.

–Me apetece un sándwich, sí. Pero prefiero dar un paseo en vez de dormir. Puedo dormir en San Francisco.

–No es verdad –repuso él–. Por lo que Anna me dijo, apenas has parado lo suficiente ni para comer durante la última semana.

–Estoy rodeada de espías –protestó ella–. Haces que observen todos mis movimientos.

–Ahora soy tu marido, Elle. Es mi responsabilidad asegurarme de que estés bien y cuidarte.

Responsabilidad. Obligación. Deber. Elle no quería ser eso para Brock, pero estaba segura de que él no comprendería sus quejas, sobre todo cuando estaba embarazada de un hijo suyo.

–Sándwich y paseo, entonces –afirmó ella y levantó la barbilla–. Tú puedes dormir la siesta si estás cansado –sugirió, incapaz de resistir la tentación de provocarlo un poco.

Brock rió y la tomó entre sus brazos.

–¿Ya se te ha olvidado que tú siempre te duermes antes que yo?

Ella levantó la mano en gesto de rendición.

–Eso no puedo negarlo –repuso ella mientras él le plantaba un beso en la boca.

Varias horas después, tras la comida, el paseo y cenar un guiso de pollo, Brock se sentó en el sofá y Elle le llevó un whisky con hielo con la mayor naturalidad del mundo.

–Gracias –dijo él y la observó un momento–. Conoces mis gustos mejor que yo los tuyos.

Elle se sentó a su lado en el sofá, con una botella de agua en la mano.

–Hmm –dijo ella y rió con satisfacción–. No tienes experiencia en ser el asistente de nadie, mucho menos el mío.

Brock tomó un trago de whisky, que tenía la cantidad perfecta de hielo.

–Que no se te suba a la cabeza –bromeó él con una sonrisa.

Ella lo miró de lado a lado.

–Claro que no. Nunca he sido una persona arrogante.

–De acuerdo. Pero eres muy seductora –dijo él y le dio otro trago a su vaso.

Elle se quedó un momento con la boca abierta, sorprendida.

–No es verdad. Si alguien es seductor aquí, ése eres tú. Mírate, con esos ojos azules como el mar y ese pelo tan moreno. Eres encantador hasta cuando no quieres…

Brock meneó la cabeza. Estaba acostumbrado a que las personas que lo rodeaban lo halagaran por sistema, pero Elle no era así. Y eso le gustaba de ella.

–¿Cuál es tu cóctel favorito? –preguntó él.

–Martini con fresa –repuso ella y se relamió–. Delicioso.

Al ver su lengua rozar sus labios color cereza, a Brock se le quedó la boca seca.

–Tomo nota. ¿Y tu comida favorita?

–Depende del día –contestó ella–. Sobre todo, desde que estoy embarazada. Últimamente, me apetecen macarrones con queso –afirmó e hizo una mueca–. Una mala noticia para mis caderas.

–Tus caderas son perfectas. ¿Y tu sándwich favorito?

–Cuando estoy de buenas, me gusta de pollo y lechuga. Cuando estoy baja de ánimo, me apetece de pavo con salsa y patatas cocidas o ternera asada.

–Eso me gusta de ti –señaló él y sonrió–. Eres muy aficionada a la carne roja –añadió, recordando el placer con el que ella había devorado un plato de filete de ternera con salsa bearnesa.

–Últimamente, no tanto.

–¿Quieres decir que no quieres que te lleve a cenar a un asador nunca más?

–No –admitió ella–. Pero después.

–De acuerdo. Lo dejaremos para después del bebé. Haremos lo mismo con el Martini. ¿Y tu juguete favorito cuando eras pequeña?

Elle parpadeó.

–Mi pequeño pony. Siempre quise tener uno de verdad, pero sabía que era un sueño imposible.

–¿Tu postre favorito? –continuó él, sumergiéndose en sus ojos azules e inmensos.

–Chocolate.

Brock sonrió.

–Si pudieras viajar a cualquier parte, ¿qué destino elegirías?

–Europa.

–Es un continente muy grande.

–¿Y? –preguntó ella, arqueando las cejas.

Brock rió, saboreando la audacia de su esposa.

–Me gustaría que mi padre te hubiera conocido.

–¿Por qué? –quiso saber ella–. Soy sólo una secretaria.

Él meneó la cabeza.

–No, eres mucho más. Observadora, sensible, fascinante.

–Me halagas –dijo ella con ojos brillantes.

–Técnicamente, no necesito halagarte más. Te has casado conmigo, así que no tengo que conquistarte.

–Oh, creo que sería un gran error pensar eso –señaló ella–. Para los dos. ¿No estás de acuerdo?

Capítulo Siete

Brock le hizo el amor a Elle durante toda la noche, hasta que ella estuvo demasiado exhausta como para continuar. Entonces, ella se acurrucó contra su pecho, le rodeó el cuello con los brazos y se quedó dormida.

A la mañana siguiente, cuando Elle se despertó, a su lado había un espacio vacío. Levantó la cabeza. Oyó la voz de Brock, pero a lo lejos.

Apartó las sábanas y se levantó de la cama. Escuchó con atención mientras se ponía la bata. ¿Estaba él abajo? Se acercó a la puerta del baño y la abrió.

–Es domingo, por todos los santos –se quejó Brock desde el piso de abajo–. ¿Es que no puede esperar?

Hubo un silencio. Elle escuchó a Brock maldecir.

–De acuerdo, está bien. Estaré de vuelta en la ciudad esta tarde e iré a la oficina –afirmó él y maldijo de nuevo–. Más vale que merezca la pena –murmuró.

A Elle se le encogió el estómago. El breve y delicioso tiempo que habían compartido había llegado a su fin. Le dolió en el alma. Pero no quería hacer que Brock se sintiera mal después del gran esfuerzo que él había hecho para poder escaparse hasta allí. Se mordió el labio.

–¡Eh! –llamó Elle–. Ha sido maravilloso, pero

tengo ganas de volver a la civilización, si no te importa.

Brock se asomó al rellano de la escalera y miró hacia arriba. No llevaba camiseta, sólo unos pantalones de seda. Su pecho desnudo era imponente y tenía el pelo despeinado. Era el hombre más sexy que Elle había visto jamás.

–¿No te gusta la casita de campo?

A ella se le encogió el corazón, pero se obligó a darle la respuesta que él necesitaba.

–No, me encanta. Pero tengo muchas cosas que hacer y estoy empezando a sentirme inquieta –contestó ella–. ¿Te importa que volvamos?

Brock la envolvió con la mirada durante un largo instante y negó con la cabeza.

–No –dijo él–. No hay problema. Avísame cuando estés lista. Iré cargando el coche.

En cuanto Elle y Brock llegaron a casa en San Francisco, él se volcó de nuevo en su trabajo. Elle siguió redecorando la casa. Con la ayuda de Bree, encontró a una decoradora que le ayudó a combinar los elementos antiguos de la casa con otros más cercanos al gusto de Brock. Ella decidió mantener el ambiente formal en el salón y transformar el comedor en un espacio para el descanso y el ocio.

Brock estaba tan ocupado que no se acostaba hasta las once de la noche, pero siempre se levantaba temprano. Elle sabía que se sentía presionado por Golden Gate Promotions. A pesar de que su abuelo había sufrido un ataque al corazón, no se había rendido en su lucha contra Maddox. Más que nunca, ella era consciente de lo mucho que su engaño le había costado a Brock. Lo único que él hacía era trabajar. Iba a ser muy difícil reconstruir su relación en esas circunstancias, pero al mismo tiempo ella no se sentía con derecho a enojarse y exigirle que pasaran más tiempo juntos.

Brock la sorprendió una noche, cuando llegó a casa antes de la cena. Elle estaba comiendo un sándwich delante de la televisión y pensando en ir a visitar a su madre otra vez.

–Hola –saludó él, con un aspecto tremendamente atractivo, desde la puerta–. Me gusta cómo has decorado el piso de abajo. Has combinado lo nuevo con lo viejo y le has dado un toque más luminoso –señaló y miró hacia su sándwich–. Eso que comes tiene buena pinta.

–Puedo prepararte uno –dijo ella y se puso de pie, emocionada por el pequeño placer de estar con él.

Brock meneó la cabeza.

–No, llamaré al ama de llaves. Enseguida…

Como si hubiera tenido telepatía, Anna se presentó en el comedor.

–Buenas noches, señor Maddox. Hola, señora Maddox –dijo el ama de llaves y miró con desaprobación el plato de Elle–. ¿Puedo prepararles algo?

–Quiero lo mismo que ella –dijo Brock–. Y una cerveza.

–Sándwich de pavo y ensalada –señaló Elle, mirando a Anna con gesto de disculpa.

–¿Qué pasaba? –preguntó Brock con curiosidad cuando Anna se hubo ido.

–Anna se molesta mucho cuando me preparo mi propia comida. Creo que lo considera como un insulto –contestó Elle.

Brock rió.

–Te aseguro que no están acostumbrados a que nadie haga las cosas por sí mismo en casa. Lo más probable es que Anna no sepa qué hacer contigo.

–¿Qué tal te ha ido en el trabajo? –preguntó ella, fijándose en sus ojos cansados–. Pareces agotado.

–Ya sabes que estoy teniendo una dura batalla con tu abuelo. No puedo permitirme el lujo de descansar mucho.

Elle lo miró llena de frustración.

–No entiendo a mi abuelo. Creí que sus problemas de corazón le harían tomarse las cosas con más calma o, al menos, entrar en razón.

–Mi padre y él tienen mucho en común. Mi padre estaba decidido a dejar su negocio para las generaciones futuras de la familia Maddox.

–¿Es lo mismo que quieres tú? –preguntó ella–. ¿Quieres dejar Maddox a tus herederos?

–En este momento, lo que más me preocupa es hacerme cargo de los empleados que cuentan conmigo y asegurar el crecimiento de la compañía en el futuro. No he tenido mucho tiempo para pensar en qué va a hacer mi heredero.

Anna llevó el sándwich y la cerveza.

–Gracias –dijo Brock al ama de llaves y miró a Elle–. ¿Por qué lo preguntas?

–Por curiosidad, nada más. Tu padre te imbuyó un fuerte sentido de la tradición familiar y me preguntaba si habías planeado el mismo camino para tu hijo.

–No me gusta la idea –concluyó él y sonrió–. ¿Crees que yo no he salido tan bien?

–No he dicho eso –repuso ella, rindiéndose a su

sonrisa–. Lo que pasa es que no quiero que nuestro hijo se vea obligado a seguir tus pasos.

–Si es un niño, puede que quiera ser jugador de beisbol.

–O cantante de ópera –comentó ella, eligiendo el polo opuesto para ver cómo reaccionaba Brock.

–No, si tiene mi talento para la música –murmuró Brock y le dio un bocado a su sándwich con un trago de cerveza. Soltó un largo suspiro–. Es la primera vez que me relajo desde que estuvimos en la casa de campo. Por suerte, la cita que tenía para cenar esta noche ha sido cancelada.

Elle dudó entre sentirse ofendida o halagada.

–Bueno, me alegro de verte –admitió ella al fin–. Te he echado de menos.

Brock levantó la vista y la miró a los ojos un largo instante.

–Imagino que te sientes muy sola aquí.

–No es eso –aseguró ella–. Lo que pasa es que estaba acostumbrada a verte en la oficina y a pasar la mayor parte del día contigo.

Él asintió. Parecía inquieto, descentrado.

–No siempre voy a estar tan ocupado. En el futuro, pasaremos más tiempo juntos.

–¿De veras? –preguntó ella, intentando sonar despreocupada, a pesar de que su corazón sentía lo contrario–. Eres un adicto al trabajo.

–No eres la primera en darse cuenta –repuso él, con gesto triste–. Cuando superemos esta crisis, quiero organizarme de otra manera para poder delegar el trabajo más a menudo. Pero, mientras, tú y yo hemos recibido nuestra primera invitación oficial como matrimonio –señaló, cambiando de tema–. Walter y Ángela Prentice van a celebrar un cóctel el viernes por la noche y nos han pedido que asistamos.

El apellido Prentice le resultaba familiar a Elle. La compañía de Walter era el cliente más importante de Maddox.

–¿Saben que estoy embarazada? –preguntó ella, sabiendo que Walter era muy tradicional y que no toleraría nada que se acercara al escándalo.

–No se lo he mencionado, pero Walter es un hombre muy familiar. Estoy seguro de que le encantará la noticia, ya que estamos casados.

–La familia lo es todo –afirmó ella, repitiendo el eslogan de Prentice.

–Así es –afirmó Brock y le dio otro bocado al sándwich. Se recostó en el sofá.

Elle sintió compasión por su marido, recordando lo agotadores que eran los días en el trabajo para él cuando era su secretaria. Cuando terminó su sándwich, se levantó y se puso detrás de él.

–Respira hondo. Deja que todas las preocupaciones del día se vayan –dijo ella, repitiendo lo que le había dicho tantas veces cuando habían sido amantes.

–Hmm –murmuró él cuando ella comenzó a darle un masaje en los hombros.

–No puedes trabajar las veinticuatro horas y los siete días de la semana –susurró ella–. No puedes trabajar ahora mismo, así que es mejor que descanses. Descansa y recupera fuerzas para mañana.

Brock respiró hondo.

–Echaba mucho de menos estos masajes –comentó él.

Elle le frotó los músculos con suavidad, con el índice y el pulgar.

–¿Así?

Él gimió de placer como respuesta.

Ella siguió masajeándolo, mientras le acariciaba el oído con los labios.

–¿Te gusta?

–Sí –repuso él–. Mucho. Quiero más. Quiero sentirte más cerca. Por dentro y por fuera –añadió y se giró para mirarla–. Vayamos arriba.

–No has terminado tu sándwich.

–Tengo hambre de otra cosa.

A la tarde siguiente, Brock le pidió que se reuniera con él en la casa de los Prentice, ya que no iba a tener tiempo de pasarse por casa. Elle eligió su ropa con esmero, queriendo dar la imagen adecuada como esposa de Brock. Después de todo, aquélla iba a ser su primera salida en público.

Intentando controlar los nervios, Elle salió del coche y subió las escaleras a la mansión de los Prentice.

El porche de columnas de mármol estaba custodiado por un mayordomo con pajarita, encargado de recibir a los invitados en la puerta. Todo lo que rodeaba a los Prentice exudaba lujo y riqueza.

–Buenas noches –saludó el mayordomo– ¿Su nombre?

–Elle Linton –dijo ella y se corrigió al momento–. Elle Linton Maddox.

El hombre la recorrió con la mirada y asintió.

–Bienvenida –dijo el mayordomo y le abrió la puerta.

Cuando Elle entró, se encontró de lleno con una fiesta opulenta. El aroma de comida deliciosa y de vino impregnaba el aire. Escuchó los sonidos de un cuarteto de cuerda en directo y percibió el olor a rosas frescas. Los espejos de las paredes reflejaban las elegantes ropas de los invitados. Ella esperó que el vestido negro con rosas negras bordadas bajo el corpiño que había elegido estuviera a la altura. Se colocó un mechón de pelo detrás de la oreja y buscó a Brock con la mirada. Había salido de casa unos minutos más tarde a propósito, pues no había querido llegar a la fiesta antes que él.

Un camarero le ofreció una copa de champán y ella negó con la cabeza.

–No, gracias. ¿Tiene agua?

El hombre señaló a una camarera al otro lado de la habitación iluminada por resplandecientes lámparas de araña, cuya luz se reflejaba en exquisitos espejos.

–Gracias –murmuró Elle, buscando a Brock con la mirada entre la multitud. No conocía a nadie y se preguntó quiénes serían todas aquellas personas. Al menos, debería poder reconocer a Walter Prentice, pues lo había visto en el despacho de Brock en una ocasión. Tras aceptar un vaso de agua de la camarera y darle las gracias, se apoyó en la pared. Tal vez, podría localizar a Brock desde allí.

Un grupo de hombres a su lado hablaba de lo mal que había jugado el equipo de los Giants. Un grupo de mujeres a su otro lado hablaba de cirugía estética. Elle captó fragmentos de ambas conversaciones.

–Tienen que cambiar al delantero. Es un inútil –se lamentaba un hombre.

–¿Has oído hablar del doctor Frazier? Hace maravillas con el bisturí.

–Si quieres saber mi opinión, la culpa no es del delantero, sino del entrenador –señalaba otro hombre.

–He oído que ha operado a Carol Maddox. Para mi gusto, ha quedado demasiado estirada –comentaba una mujer.

Elle aguzó la atención al oír mencionar a su suegra.

–Está mucho mejor ahora que se ha hecho un poco de relleno. Hablando de Carol, ¿te has enterado de lo de Brock? Ya no está libre –comentaba una mujer.

–Oh, no –se lamentaron otras mujeres–. ¿Quién lo ha cazado?

–He oído que fue su secretaria. Sólo se ha casado con ella porque está embarazada –dijo la mujer.

Elle sintió que se sonrojaba, avergonzada. Aunque sabía que las palabras de esa mujer eran ciertas, se sintió humillada hasta el fondo de su ser. Quiso defender su relación con Brock. Quiso decirle a la mujer que Brock y ella se habían enamorado de forma inesperada para ambos. Pero no podía. Porque la verdad era que ella lo había traicionado y que él se había casado a causa del bebé.

Tomando un largo trago de agua, Elle pensó en irse de allí. Podía decirle a Brock que no se había encontrado bien…

–Bueno, bueno, señora Maddox, ¿qué está haciendo en un rincón? –saludó Walter Prentice con una sonrisa y voz cálida–. Venga a conocer a mi esposa. Está deseando conocer a la mujer que por fin ha puesto de rodillas a Brock Maddox.

Elle se obligó a sonreír y aceptó el brazo que Walter le ofrecía.

–Buenas noches, señor Prentice. Tiene una casa preciosa. Y yo no diría que Brock se haya puesto de rodillas.

–¿No me diga que Brock no pidió su mano a la antigua usanza? –preguntó Walter, conduciéndola entre la multitud.

–Bueno, ya conoce a Brock. Es una increíble combinación de tradición e innovación –consiguió decir ella.

–Cierto –afirmó Walter–. Aquí está mi esposa, Ángela. Ángela, ésta es la esposa de Brock, Elle.

La otra mujer, muy elegante, la miró con curiosidad.

–Encantadora –dijo Ángela con calidez–. Walter y yo nos alegramos mucho al saber que Brock se había casado, aunque celebrarais una boda secreta. Es una pena. Nos encantan las bodas.

–Brock quería que fuera algo discreto. Ninguno de los dos esperábamos que nuestros sentimientos crecieran como lo hicieron –comento Elle, forzándose a mantener su sonrisa.

–Brock tiene la cabeza bien asentada sobre los hombros –señaló Walter con aprobación–. ¿Dónde está?

–No estoy segura –repuso Elle–. Tenía mucho trabajo en la oficina. Pero debe de estar a punto de llegar.

–No debería hacer esperar a su esposa –dijo la señora Prentice–. Deja que te presente a algunas amigas mías.

Durante la siguiente media hora, Elle se vio desbordada por nombres nuevos. La señora Prentice, una mujer de éxito, igual que su marido, le presentó a varias personas. Cuando la señora Prentice decía que era la esposa de Brock Maddox, todo el mundo la miraba con curiosidad. Después de contestar preguntas sobre su pequeña boda y su inexistente luna de miel, ella consiguió escaparse para llamar a Brock.

Él contestó al quinto timbre del teléfono.

—Brock Maddox —respondió él con tono cortante.

—Elle Linton Maddox —dijo ella con el mismo tono—. ¿Dónde estás? Los Prentice preguntan por ti.

—La cuenta de cosmética me está dando muchos quebraderos de cabeza —contestó él—. Se me ha hecho tarde en la oficina.

—Dijiste eso hace una hora y media. ¿Qué quieres que les diga al señor y la señora Prentice?

—Salgo para allá —afirmó él—. Te veo dentro de quince minutos.

Brock colgó y Elle se metió el móvil en el bolso de noche. De pronto, se sintió sofocada. Necesitaba con desesperación algo de aire fresco y salió al patio, donde había reunidas unas cuantas personas disfrutando de la hermosa noche. Se acercó hasta una columna que había en un rincón oscuro e inspiró. Miró hacia el cielo nuboso y a las estrellas y recordó una fiesta similar, hacía mucho tiempo.

Su padre le había dado permiso para asistir a la fiesta de Navidad que daba en su casa. Elle tenía ocho años y su madre le había comprado un vestido de terciopelo rojo con los bordes de encaje. Ella se había emocionado. Tenía la esperanza de conocer a su padre, pero él no apareció. Los otros niños la habían evitado, como si de alguna manera fuera inferior a ellos. La experiencia había resultado un desastre y ella había estado deseando regresar a su casa, arrancarse el vestido, ponerse el pijama y meterse en la cama. Recordaba a la perfección la sensación de no pertenencia. Era el mismo sentimiento que albergaba en ese momento.

Se quedó allí unos minutos, en la oscuridad, preguntándose si debía irse y si alguien se daría cuenta si lo hacía. Entonces, reconoció una voz masculina en el fondo.

–Walter, me alegro de verte. Tú sí que sabes cómo hacer una fiesta –dijo Brock, a sólo unos metros de distancia de Elle.

A ella le dio un brinco el corazón al verlo.

–He conocido a tu esposa. Es preciosa. No deberías dejarla sola. Puede que alguien te la robe –bromeó Walter.

Brock soltó una carcajada forzada.

–Tienes razón. Elle es hermosa. ¿Sabes dónde está?

–Estoy seguro de que anda por alguna parte. Mi mujer se la ha estado presentando a la gente –indicó Walter–. Si no recuerdo mal, Elle era tu secretaria, ¿verdad?

–Así es –repuso Brock–. Cuando me di cuenta de que nos queríamos, pensé que debíamos hacer oficial nuestra relación. No quería mezclar lo profesional con lo personal.

–Bien hecho –opinó Walter–. Es mejor separar los negocios del amor. Felicidades de nuevo por tu matrimonio.

–Gracias. Ahora, si me disculpas, voy a buscar a mi mujer.

Walter rió y le dio una palmadita en el hombro.

–Si alguien puede encontrarla, seguro que serás tú.

Desde las sombras, Elle observó cómo Brock sacaba su Blackberry y mandaba un mensaje de texto. Luego, él miró a su alrededor y tomó un vaso de vino de una bandeja. Se aflojó la corbata, con aspecto de estar impaciente.

Elle se preguntó si debía dar un paso hacia él, pero algo la detuvo. Su boda con Brock había sido sólo para guardar las apariencias y no estaba segura de si podría representar la farsa como se requería de ella. Así que entró de nuevo en el salón, ocultándose entre la multitud. Todos los años que había pasado siendo el pequeño secreto vergonzoso de los Koteas la pesaban demasiado. Y estaba repitiéndose el patrón, pensó. De nuevo, tenía que guardar un sucio secreto, la razón real por la que se había casado con Brock. Se sentía un fraude. Brock no se habría casado con ella si no hubiera estado embarazada. Y ella no podía evitar pensar que él la culpaba de su embarazo.

Incapaz de soportar los sentimientos que había padecido desde la infancia, Elle salió por la puerta principal y pidió al mayordomo que le llamara un taxi.

Aunque su madre no conocía toda la verdad sobre su relación con Brock, conocía bien la historia de Elle. Su madre no sabía que había aceptado espiar a Brock a cambio de que su abuelo pagara su tratamiento médico, pero sabía todo lo demás. Necesitaba verla, pensó ella.

—Qué sorpresa tan agradable —dijo su madre y se levantó del sofá donde había estado viendo la televisión para recibir a su hija. Miró a Elle de arriba abajo—. Estás preciosa. ¿Qué haces aquí?

Elle se lanzó a los brazos de su madre.

—¿Qué quieres decir? ¿Sugieres que cuando vengo a verte suelo estar hecha un asco?

–No –repuso su madre, apartándose un poco–. Pero no sueles venir tan bien vestida. ¿Me cuentas qué está pasando?

–¿Por qué no disfrutamos de vernos sin más explicaciones?

–Hmm –murmuró su madre con aire pensativo–. Siéntate en el sofá. Te traeré un poco de té verde.

Su hija puso cara de asco.

–Ese té huele a calcetines sucios –protestó Elle y se sentó.

–Es calmante –replicó su madre, dirigiéndose a la cocina–. Y los antioxidantes son buenos para ti y para el bebé.

El teléfono de Elle sonó y ella frunció el ceño, buscándolo en su bolsito.

–¿Es tu móvil lo que suena? –preguntó su madre.

Elle apagó el teléfono.

–Oh, estás viendo una película de Sandra Bullock. Echo de menos las noches que pasábamos juntas.

Su madre apareció con la taza de té.

–¿Quién te ha llamado al móvil?

–No estoy segura –contestó Elle y tomó la taza–. Ha colgado.

–Vaya –dijo su madre y sentó a su lado–. Elle, ¿qué pasa? Sabes que puedes hablar conmigo.

Elle sintió un nudo en la garganta. Se había sentido demasiado sobrecargada en los últimos meses: el peso de la enfermedad de su madre, el trato con su abuelo, su aventura secreta con Brock y el embarazo. Y, en ese momento, tenía que cargar con la desgracia de estar casada con un hombre que no la amaba.

–Sólo quería verte –dijo Elle–. He estado muy ocupada estos días y no he podido venir.

–Hmm –dijo su madre y le rodeó los hombros con el brazo.

Era muy afortunada por contar con su amor incondicional, pensó Elle y se le saltaron las lágrimas.

Alguien llamó a la puerta.

Su madre se giró, frunciendo el ceño.

–Qué raro. Los de seguridad no han avisado de que viniera nadie.

Elle sabía quién era.

–No le digas que estoy aquí.

Su madre se quedó mirándola.

–¿A quién? Elle, dímelo.

–A Brock –susurró Elle y meneó la cabeza–. Ahora mismo no puedo enfrentarme a él. No puedo.

Su madre suspiró.

–Elle, esto es ridículo. No puedes esconderte de tu esposo.

–Por favor –rogó Elle.

–¿Te maltrata? –preguntó su madre con gesto de honda preocupación.

–Claro que no.

–Un momento –gritó su madre y caminó hacia la puerta. Abrió–. Hola, Brock. Elle y yo estábamos hablando de ti ahora mismo.

Capítulo Ocho

–Te he buscado por todas partes en la fiesta, pero no he podido encontrarte –dijo Brock, mirando a Elle. Estaba hermosa, con un vestido negro que ocultaba su embarazo, pero acentuaba sus curvas. Tenía los ojos brillantes y los labios entreabiertos y seductores. Su mirada, sin embargo estaba llena de cautela y reserva.

–Te esperé un buen rato, luego decidí venir a visitar a mi madre –respondió Elle, forzándose a sonreír.

Sus ojos escondían un cúmulo de sentimientos indescifrables, observó Brock, preguntándose qué estaría pasando.

–Prentice me dijo que su esposa y él se alegraron de verte –comentó Brock.

–Han sido muy amables.

Brock no estaba seguro de cómo acercarse a ella. Era obvio que Elle no tenía ganas de estar con él. Eso, para empezar. Cuando habían estado trabajando juntos, ella siempre había estado dispuesta a verlo. Lo mismo había sentido él. Y seguía sintiéndolo. Pero no sabía cuándo podría ser capaz de confiar en ella de nuevo. No le cabía duda de que ella se daba cuenta. Tal vez, ése era el problema, pensó él.

Brock miró hacia la televisión.

–¿Qué estabais viendo?

La madre de Elle se aclaró la garganta.

–Una película de Sandra Bullock. ¿Quieres té verde?

Brock parpadeó. ¿Té verde? Preferiría beber agua sucia.

–Gracias –dijo él y se sentó en el sofá–. He oído que Sandra Bullock está nominada para un Oscar.

–No por esta película –repuso la madre de Elle mientras se dirigía a la cocina–. Pero es mi actriz favorita.

–¿Por qué no me has esperado? –le preguntó Brock a Elle en voz baja.

–¿Sabes lo desagradable que ha sido tener que excusarte durante casi dos horas? –replicó Elle–. Si esperas que sea una esposa complaciente como tu madre, puedes ir olvidándolo. Deberíamos terminar con nuestra relación ahora mismo.

–Mi madre –repitió él–. ¿Por qué iba yo a querer que fueras como mi madre? Créeme, no tengo complejo de Edipo. ¿Qué ha pasado en la fiesta? –preguntó con suavidad–. ¿Te has disgustado por algo?

–Además de por esperarte durante una eternidad, resulta que escuché a unas personas decir que sólo te habías casado conmigo porque estoy embarazada –susurró ella–. No intentes negarlo, porque los dos sabemos la verdad.

Su desesperación y vulnerabilidad le llegaron a Brock al corazón.

–Los dos sabemos que es lo mejor para el bebé –afirmó él.

–Sí, pero tú y yo necesitamos… –comenzó a decir ella y se detuvo, bajando el tono de voz–. Necesitamos tener una relación –musitó–. Si sólo estamos juntos por el niño, no va a salir bien.

–Nunca nos ha faltado pasión, Elle.

–Quiero más que pasión. Quiero compasión, compañerismo… –señaló ella y tomó aliento–. Quiero amor.

Brock sintió un nudo en el estómago.

–Puedo darte pasión, compasión y compañerismo, pero el amor puede tardar un poco en llegar. Pero lo intentaré. Te lo prometo.

Ella lo miró con el corazón roto.

–Voy a ser franca. No quiero que nuestro matrimonio sea como el de tus padres.

Brock se sintió como si lo hubiera abofeteado.

–¿Qué diablos sabes tú del matrimonio de mis padres? Ni siquiera conociste a mi padre –replicó él con rabia.

–Parece que has olvidado la charla que me dio tu madre –contestó ella–. Además, si tú eres la viva imagen de tu padre, es como si lo hubiera conocido a él también.

–Aquí está el té –indicó Suzanne, llevando la taza de Brock. Los miró a ambos con preocupación–. Está un poco caliente todavía.

–Gracias –dijo él.

–Esto es… agradable –comentó Suzanne y se sentó, sin quitarles los ojos de encima–. Me encanta ver una película con mi hija y mi yerno. ¿Vemos el resto?

Brock estaba tan distraído pensando en lo que le estaba sucediendo con Elle que apenas fue capaz de seguir el hilo de la película. ¿Qué le habría pasado a su mujer? Él había creído que a ella le encantaría ir a la fiesta de los Prentice.

La película interminable al fin terminó y Brock se levantó.

–Es hora de irnos. Elle tiene que descansar y tú también, Suzanne –dijo él.

–Qué atento –repuso Suzanne y le tomó la mano, mirándole directamente a los ojos–. Me alegro mucho de que cuides tanto de Elle.

–Es lo menos que puedo hacer –aseguró él–. Gracias por tu hospitalidad, Suzanne. ¿Estás lista, Elle?

Elle lo miró con expresión de rebeldía. El camino de regreso a casa iba a ser difícil, pensó él con un escalofrío.

–Sí –repuso Elle al fin y le dio un abrazo a su madre–. Te llamaré pronto –prometió y salió con Brock de su piso.

Caminaron hasta su Porsche en silencio. Brock la ayudó a subir al asiento del copiloto. Luego, dio la vuelta al coche, subió y arrancó el motor.

–Creo que tenemos que hablar. Para empezar, me disculpo por haber llegado tarde esta noche. La cuenta de esa marca cosmética es casi más importante que la cuenta de Prentice.

Brock la miró. Elle estaba cruzada de brazos, con la mandíbula tensa. Tras un largo silencio, ella suspiró.

–Disculpas aceptadas. En el futuro, sin embargo, te agradecería que me mantuvieras mejor informada de tus retrasos.

Él asintió.

–Me parece bien. Ahora, respecto a nosotros dos… Vamos a necesitar tiempo, Elle.

–Exacto. Con tu apretada agenda, va a ser difícil que consigas algo de tiempo para dedicarlo a nuestro matrimonio.

Brock había escuchado algo similar de su antigua prometida justo antes de que lo dejara. Sintió un nudo en el estómago al pensar que Elle podía hacer lo mismo. Esperaba que, como había sido su secretaria, entendiera mejor las exigencias de su trabajo. También esperaba que, por todas las noches que habían compartido, ella supiera en el fondo que su dedicación a la compañía era algo demasiado profundo, era parte de su ser.

–¿Te quejas de las horas que trabajo? –preguntó él.

Ella afiló la mirada.

–No me quejo. Pero podemos verlo de otra manera. Si quisieras cerrar un trato de negocios conmigo, ¿cuánto tiempo me dedicarías?

Él parpadeó ante la pregunta.

–Adivino que, en ese caso, querrías que mi relación contigo durara al menos tanto tiempo como tu relación con Prentice –continuó ella.

Brock respiró hondo. Habían llegado a casa.

–Claro que quiero que nuestra relación dure –murmuró él y aparcó en el garaje. Se giró hacia ella–. ¿Qué pretendes decirme?

–Es fácil –repuso ella–. Si los dos queremos que nuestra relación funcione, debemos dedicarle tiempo.

–Pasamos juntos todas las noches.

–Dormidos.

–No dormimos durante las dos primeras horas.

Ella tomó aliento.

–Tiene que haber entre nosotros algo más que sexo –susurró ella con mirada turbia.

–¿Quieres decir que no te satisface el sexo conmigo?

Ella se mordió el labio.

–No he dicho eso, pero quizá deberíamos prestar atención a algo más –contestó Elle–. Para variar.

–Quieres que salgamos –concluyó él, sin poder creerlo. Sin embargo, si lo pensaba bien, tenía sentido.

Elle se humedeció los labios y él notó cómo su erección despertaba. Él había devorado esa boca en numerosas ocasiones y ella lo había besado en el cuello, en el pecho y más abajo, llevándolo al cielo…

–Nunca hemos hecho eso –señaló ella–. Nunca hemos salido… sin más.

–De acuerdo –dijo él, despacio–. ¿Eso quiere decir que esta noche dormimos juntos o no?

–Depende de ti –replicó Elle–. Podíamos esperar un poco para ver si… –comenzó a decir y se interrumpió–. ¿Te parece bien que nos demos un tiempo mientras arreglamos las cosas?

Brock pensó que era mejor devolverle la pelota, pues la idea había salido de ella.

–Te dejo que lo decidas tú –respondió él, salió del coche y dio la vuelta para abrirle la puerta a ella–. ¿Cenamos mañana por la noche?

–Preferiría dar un paseo el domingo.

Brock tragó saliva.

–¿Te parece bien? –preguntó ella.

–Claro –repuso él y se dijo que podría aguantar, contener su deseo hasta el domingo.

Menos de una hora después, Brock se metió en la cama y Elle se acurrucó a su lado.

–Gracias –le susurró ella en la nuca.

Brock sintió sus pechos contra la piel y se preguntó si podría contenerse durante toda la noche. Respiró hondo. Se había acostumbrado a hacer el amor con Elle a diario. Después de todo, era su esposa. Sabía cómo excitarlo y respondía a él con gran sensualidad. ¿Por qué iba a negarse el placer del sexo?

Sin embargo, Brock sabía que ella necesitaba un poco de tiempo. Él iba a necesitar toda su fuerza de voluntad, pero era capaz de hacerlo. Elle lo merecía. Y su matrimonio, también.

El domingo por la tarde, Elle y Brock caminaban juntos por un sendero cuesta arriba. Ella tomó aliento, disgustada por no estar en tan buen forma física.

–¿Estás bien? –preguntó Brock, delante de ella.

–Claro –repuso ella, sin respiración.

Brock se giró y se detuvo.

–No lo pareces –observó él, mirándole el rostro.

Ella se llevó las manos a las caderas e intentó recuperar el aliento.

–Es por la altura.

Brock sonrió.

–¿No será por el cansancio?

Ella hizo una mueca.

–El camino es muy empinado.

–Pensé que podías hacerlo.

–Y puedo –aseguró ella, jadeante.

Brock la recorrió con la mirada.

–Hagamos un descanso para beber un poco de agua.

–Lo dices sólo porque estoy embarazada.

–Tengo sed –repuso él, se sentó y sacó la botella de agua–. ¿Tú, no?

Elle se sentó sobre una roca y sacó su agua. Bebió con ganas.

–Debes tener cuidado de no deshidratarte –señaló Brock.

–Lo haré –contestó ella, bebiéndose casi toda la botella.

–¿Quieres la mía?

–No, estoy bien.

Brock sacó otra botella de la mochila y se la ofreció.

–Quiero asegurarme de que mi mujer y mi hijo tengan agua suficiente.

Elle la aceptó.

–Gracias de parte de los dos.

–Bajemos ya –sugirió él, tomándola de la mano.

–Me siento un poco floja. No esperaba cansarme tanto.

–Estás embarazada –le recordó Brock–. Estás comiendo, respirando y haciéndolo todo por dos.

Elle no pudo evitar sonreír.

–Gracias –dijo ella y tomó fuerzas de la mano de él–. Bajemos.

–Bien. Ahora, dime una cosa. Cuando eras niña, ¿qué querías por Navidad?

Elle parpadeó.

–¿Por Navidad? Un padre –respondió, incapaz de contener las palabras.

Él se detuvo en seco.

–Un padre –repitió Brock–. Yo siempre seré un padre para nuestro hijo –prometió.

–¿Te presentarás en la mayoría de sus partidos de fútbol o en sus representaciones de ballet?

–Sí, lo haré.

Elle asintió y siguió caminando.

–Eso está muy bien –opinó ella.

–Cuando eras niña, ¿qué clase de marido querías? –quiso saber él.

–Soñaba con un príncipe azul que me llevara a un reino de cuento de hadas, con un gran castillo y criadas y cocineros. Pero soñaba que yo me ocuparía de los bebés –le confió ella–. En mis fantasías, no teníamos niñeras porque mi príncipe y yo nos ocupábamos de nuestros hijos.

Su fantasía conmovió a Brock.

–¿Qué tontería, verdad? –dijo Elle.

Brock la estrechó entre sus brazos.

–De eso nada.

Mientras bajaban por el sendero, él le hizo media docena más de preguntas.

–¿Cuáles son tus películas favoritas?

–Me da vergüenza confesarlo –replicó ella.

–¿Las de Sandra Bullock? –adivinó él.

–Sí y las de Julia Roberts. Me gustan las películas donde la chica es la protagonista. Creo que es porque mi padre y mi abuelo siempre me tenían en la sombra.

–Es comprensible –comentó él–. Tu flor favorita es la rosa. Y el ramo que más te gusta es con rosas de colores.

Ella lo miró sorprendida.

–¿Cómo sabías eso?

–Te he comprado flores alguna vez. Y te he sorprendido oliendo las rosas en más de una ocasión.

–No sabía que te fijaras en esas cosas –repuso ella, mirándolo a los ojos.

–No me fijé tanto como debía –se disculpó él–. Pero prestaré más atención en el futuro –le aseguró.

Ella apoyó la frente en la frente de él.

–¿Cuál es tu flor favorita?

–Nunca lo había pensado –contestó Brock, sorprendido por la pregunta.

–Piénsalo.

Él se encogió de hombros.

–No lo sé. ¿Las flores silvestres?

–Hmm. No pareces tan seguro.

–No vamos a discutir sobre mi flor favorita, ¿verdad?

Elle suspiró.

–De acuerdo. Y dime, ¿qué deportes te gusta ver?

Brock rió.

–Muchos, pero no tengo tiempo para ir a verlos todos. ¿Te gustaría ir conmigo?

–Claro.

–Bien –dijo él, la abrazó y le apretó los glúteos, levantándola del suelo–. ¿Cómo haces para que siempre te desee tanto?

–¿Quién? ¿Yo? –replicó ella y le rozó la boca con los labios.

–Sí, tú.

Esa noche, mientras ella se acomodaba entre sus brazos, Brock la deseó más que nunca. La sensación de su piel y su sensual aroma lo envolvían. Pero se resignó a otra noche más de frustración y cerró los ojos.

Segundos después, sintió que Elle le recorría el pecho con la mano y bajaba a su abdomen. Él la agarró justo antes de que llegara a su gran erección.

–No me provoques –advirtió él con voz ronca.

Ella acercó sus labios a la boca de él.

–¿Y si la provocación va seguida de satisfacción?

–Pensé que necesitabas tiempo…

Elle deslizó la lengua dentro de su boca.

–Te deseo, Brock –confesó ella–. Me resulta muy difícil mantenerme apartada de ti.

–Si estás segura… –dijo él y le soltó la mano.

Al instante, Elle le acariciaba en su parte más íntima y lo besaba como si el mañana no existiera. Brock se preguntó si alguna vez conseguiría saciarse de ella.

Esa noche, hicieron el amor y, cuando Brock se despertó por la mañana, se vio dividido entre su deseo de tomarla de nuevo y su intención de dejarla descansar. La deseaba demasiado. Elle le había calado hasta lo más profundo de su ser.

A la semana siguiente, a pesar de la discusión que habían tenido, Brock llegó a casa muy tarde. Elle se negó a quedarse esperándolo y sufriendo. Se entretuvo en ir a visitar a su madre a su abuelo y siguió redecorando la casa. El viernes, Brock se marchó antes de que ella se levantara, pero ella decidió desayunar de todos modos en la sala de estar, donde siempre desayunaba con él.

Bostezando, Elle devoró los huevos, el beicon y el pastel de zarzamora. Mientras comía, leyó el periódico que el ama de llaves le había llevado. Justo cuando iba a terminar un delicioso bocado de pastel, vio una foto de Brock con una bella rubia. En la imagen, él tenía un vaso de vino levantado en gesto de brindis y la rubia reía.

Elle se atragantó.

–Oh, cielos –dijo ella, tosiendo. Tragó y leyó el pie de foto–. El atractivo magnate de San Francisco Brock Maddox enamora a la reina de los cosméticos Lenora Hudgins.

Elle se quedó mirando la foto, fijándose en cada detalle. Lenora era hermosa. Brock tenía un aspecto muy sexy.

Elle tuvo deseos de gritar. Ella se pasaba todas las noches en casa mientras él cortejaba a Lenora Hudgins. O a su empresa, daba igual.

Doce horas después, Elle seguía echando humo, esperando que Brock regresara a casa. Al fin, apareció a las ocho en punto, mientras ella terminaba de ver la segunda película de Julia Roberts. Respirando hondo, se concentró en la gran pantalla, intentando controlar su furia.

–Julia Roberts –dijo él–. ¿No ganó un Oscar por esta película?

–No. Fue por la anterior.

Hubo un silencio.

–¿Qué tal te ha ido el día? –preguntó él.

–Regular, después de mi segundo pastel de zarzamoras –repuso ella–. Gracias a tu foto con Lenora en el periódico.

Hubo otro pesado silencio.

–¿Qué foto?

–La que salió en el periódico esta mañana –contestó Elle, sin mirarlo–. ¿No la has visto?

Brock maldijo.

–No. No habrás imaginado nada después de ver esa foto, ¿verdad? –preguntó él–. Porque lo que me une a Lenora son sólo los negocios.

–Hmm –dijo ella–. Si fuera celosa, no te creería. No puedo evitar pensar qué sentirías tú si fuera a la inversa y yo estuviera brindando con un hombre con esa sonrisa en la cara –le espetó y le tiró el periódico, sin quitar la vista de la pantalla–. ¿Qué dices a eso?

–No es lo que parece, Elle. Vamos. Has trabajado para mí. Sabes muy bien cómo son esas cenas.

–Te lo repito. ¿Cómo te lo tomarías si fuera yo

quien estuviera en la foto brindando con un hombre? ¿Y si te dijera que no es lo que parece?

–Tendría ganas de darle un buen puñetazo al tipo –admitió él.

Al fin, Elle lo miró a los ojos.

–No creo que a Lenora le sentara bien un ojo morado –comentó ella–. Y tampoco creo que consiguieras el contrato si la golpeo.

–¿Quieres venir conmigo la próxima vez que Lenora y yo cenemos?

–Creo que te sería difícil ganarte a Lenora si vas acompañado de tu esposa embarazada.

–No me has respondido.

–¿Me regalará algunas muestras gratis de maquillaje?

Él apretó los labios.

–¿Qué quieres que haga?

–Dime que no te gusta –pidió ella.

–No me gusta nada –aseguró Brock–. Está muy operada. Y se ha pasado con el bótox. Tiene la piel tan estirada que parece que va en un cohete a toda velocidad con el viento en la cara.

–Exageras –repuso ella.

Brock rió.

–Es una mujer imposible de complacer. Es como una extraterrestre para mí.

–¿Quiere que te acuestes con ella?

–No, Elle, lo que pasa es que es una mujer difícil y exige mucha atención –explicó él con irritación.

Su respuesta despertó la curiosidad de Elle.

–¿En qué sentido?

–¿De veras quieres saberlo?

–Sí. Echo de menos la actividad de la oficina.

Me gusta oírte hablar de trabajo –respondió Elle–. Háblame de ella. ¿Está casada? ¿Tiene hijos? ¿Cuántos años tiene?

–Soltera, un hijo en edad universitaria. Tiene cincuenta y tres años. Le han hecho demasiados retoques faciales y trabaja demasiado.

–Da un poco de miedo, pero eso no nos detendrá –señaló Elle–. Invítala a cenar una noche de la semana que viene. Prepararé pollo asado, patatas cocidas, judías y galletas.

–Sólo se comerá el pollo.

–Ya veremos.

–¿Qué te hace estar tan segura?

–No tenemos nada que perder –replicó ella.

Brock se encogió de hombros.

–Es cierto.

Durmieron juntos las tres noches siguientes, pero no hicieron el amor, a pesar de que su experimento había terminado, al menos técnicamente. La falta de intimidad sexual primero fue un alivio para Elle y, luego, empezó a hacerle sentir incómoda. Sin embargo, se esforzó por no pensar en ello.

El lunes por la noche, Lenora había quedado en ir a cenar a las seis. A las seis y media, todavía no había aparecido.

–Por eso no puedo soportar a esta mujer –murmuró Brock, dando vueltas en el salón.

Cinco minutos después, sonó el timbre de la puerta.

–No puedo creerlo –dijo él–. Se ha dignado a venir.

Elle dejó que el ama de llaves recibiera a Leonora, luego contó hasta diez y se levantó. Le dio la mano a Brock y se dirigió al salón con él. Brock le apretó la mano y la miró.

–Gracias –susurró él.

Lenora apareció en el pasillo. Tenía el pelo color platino, ojos grises y una figura demasiado delgada.

–Siento mucho llegar tarde. He tenido un día de locos –se disculpó Lenora.

–Lenora, nos alegramos de que hayas venido. Ésta es mi esposa, Elle.

–Encantada de conocerte, Elle. Qué bien huele por aquí.

–Un poco de comida casera. Pensé que una mujer trabajadora como tú disfrutaría al poder comer una cena casera de vez en cuando –comentó Elle.

Lenora la observó un momento y suspiró.

–Es un consuelo –dijo la invitada–. Nunca como demasiado, pero haré una excepción por esta noche.

–No te hará daño –aseguró Elle–. Como diría mi madre, no te vendrían mal unos kilos de más. Vamos al comedor. Te has ganado la cena.

Lenora sonrió.

–Me siento muy tentada, pero mañana tendré que pagarlo yendo al gimnasio.

–Hay que disfrutar de la vida –replicó Elle y los tres entraron en el comedor.

Después de comerse el pollo, las patatas cocidas, el acompañamiento de judías pintas y las galletas, Lenora gimió de placer y se recostó en la silla.

–Estaba delicioso, sí. La verdad, es una pena que estuviera tan bueno.

–Date un respiro –aconsejó Elle–. Está claro que trabajas demasiado.

–Me gusta –le dijo Lenora a Brock–. ¿Dónde la has encontrado?

–En mi despacho –repuso Brock–. He tenido suerte.

–Eso me parece –afirmó Lenora y arqueó una ceja, excesivamente retocada con bótox–. Dime, Elle, ¿qué planes tienes para enfrentarte al envejecimiento? –preguntó–. Aunque todavía te queda mucho.

Elle suspiró.

–Tengo dudas. Quiero cuidarme la piel y no quiero quedarme demasiado delgada, como aconseja Catherine Denueve. Para las mujeres, no es fácil envejecer, pero no pienso suicidarme después de los cuarenta y cinco. La verdad es que nadie me paga para tener buen aspecto.

Lenora rió.

–Es verdad. Así que te propones cuidar tu aspecto sin exagerar. Hacerlo de forma tan fácil como sea posible –aventuró la otra mujer.

–El método del beso –repuso Elle–. Cuando más fácil, mejor.

–Ooh –dijo Lenora–. Me gusta –añadió y entrelazó sus dedos, apoyándose en la mesa–. De acuerdo, señor Maddox, quiero contratar a su compañía. Y nuestra campaña se titulará: Cuanto más fácil, mejor. Funcionará para cualquier edad, desde las adolescentes a las veinteañeras, las madres jóvenes y las mujeres mayores.

–No podría estar más de acuerdo –señaló Brock, sonriendo a su esposa.

Tres horas más tarde, después de que los tres, incluida Lenora, hubieran disfrutado de un pedazo de tarta de manzana, Brock llevó a Elle a la cama.

–Te he echado de menos en la oficina –dijo él, desnudándola.

A ella se le aceleró el corazón.

–¿Estás dispuesto a confiar en mí de nuevo?

–Me has conseguido una buena cliente esta noche. Tal vez, debería contratarte como publicitaria –señaló él, sonriendo–. Y, después de haber conocido a Lenora, comprenderás que no puedo sentirme atraído por ella.

–Es una mujer encantadora –comentó Elle, acariciándole el pelo a su marido.

–Es demasiado agresiva –repuso él–. Tú eres muy lista, pero también eres compasiva. Siempre me han gustado esas cualidades de ti.

–Hmm –gimió ella, deleitándose con la manera en que él le acariciaba.

–Eres irresistible, tan sexy… No puedo cansarme de ti –dijo él, recorriéndole el vientre con las manos–. Y te debo una, Elle. Me has conseguido una cuenta nueva, ¿sabes? Lenora nunca estuvo convencida hasta que te conoció.

A ella se le encogió el estómago.

–Tómalo como una deuda saldada –susurró ella–. Por lo que pasó con mi abue…

Brock le tapó la boca, impidiéndole terminar.

–Eso es agua pasada –señaló él, posando una mano sobre el pecho de ella.

Elle saboreó sus labios con placer.

–Quiero complacerte –afirmó ella, aunque lo que de veras quería era amarlo. Pero no podía confesárselo. Aún, no.

–Lo haces.

–¿Cómo?

–Sólo por estar aquí conmigo.

El domingo siguiente era el Día del Padre. Era un día difícil para Brock. Mientras miraba por la ventana, tomándose una taza de café, Elle se le acercó por detrás y lo abrazó. Algo dentro de él se tranquilizó. Entrelazaron sus manos.

–¿En qué estás pensando? –susurró ella.

Brock respiró hondo.

–En mi padre.

Hubo un momento de silencio.

–¿Es porque es el Día del Padre? –adivinó ella.

–Sí.

–¿Tienes buenos recuerdos de este día, con tu padre y tu hermano? –preguntó ella.

–En realidad, no –contestó Brock– Pero siempre hablábamos, aunque fuera por teléfono. Me apena no poder llamarlo.

–Hmm. Lo comprendo –replicó ella y le apretó la mano–. Yo pasaba siempre el Día del Padre sumida en fantasías sobre cómo un padre podría enseñarme a jugar al béisbol. O al golf. O de cómo leería conmigo las historietas para niños del periódico del domingo. O, simplemente, cómo me contaría historias de la vida llenas de sabiduría.

–Tu padre salió perdiendo al no disfrutar de ti –opinó Brock, girándose hacia ella.

–Yo también salí perdiendo.

–¿Lo has visto alguna vez?

Elle meneó la cabeza.

–Se mudó a Chicago y nunca volvió. Mi abuelo se ocupó de darnos a mi madre y a mí el apoyo económico que necesitábamos, pero… Sé que le irrita-

145

ba y, para él, yo era más una carga que otra cosa –recordó ella, encogiéndose de hombros.

–Una perla, diría yo –repitió Brock, acariciándole la mandíbula–. Sabes que las perlas nacen cuando un cuerpo extraño irrita el interior de la ostra.

–Nunca antes me habían comparado con una perla.

–No entiendo por qué –repuso él, acariciándole los hombros–. A mí me parece una comparación obvia.

Ella sonrió.

–Eres un zalamero.

Brock negó con la cabeza.

–Sólo digo lo que pienso.

–Tengo un regalito para ti –dijo ella.

–¿Por qué?

–Por el Día del Padre.

–No soy padre todavía.

–Pero estás a punto. Mira en tu Blackberry.

La sonrisa de Elle atizó la curiosidad de él.

–¿Qué planeas?

Ella sonrió todavía más.

–No me preguntes. Compruébalo tú mismo.

Brock tomó su Blackberry de la mesilla. Vio que había un mensaje y apretó el botón para leerlo.

–Sube el sonido –pidió ella.

Brock escuchó una música de discoteca, mientras la imagen de su hijo tomada por ecografía bailaba en la pantalla. Una gran alegría lo recorrió.

–Mira cómo se mueve –dijo él, observando emocionado la pantalla. Incapaz de resistirse, volvió a reproducir la imagen en movimiento de su bebé. Cuando terminó, la reprodujo una tercera vez.

Elle rió, radiante de felicidad.

–¿Te gusta? –dijo ella.

–Mucho –repuso él, mirándola a los ojos.

–Aquí está tu tarjeta de felicitación del Día del Padre –indicó ella, entregándole un sobre.

Con una extraña sensación de emoción, Brock abrió el sobre y leyó la tarjeta. Al leerla, comprendió de golpe que su vida estaba cambiando. Conmovido, se preguntó si su madre le habría regalado alguna vez a su padre una felicitación así. Y, si lo hubiera hecho, se preguntó si a su padre le habría importado. Sabía que su padre no había sido un hombre muy emotivo. James Maddox había estado volcado en levantar la compañía de publicidad más exitosa de San Francisco. También había querido tener una esposa hermosa. Y había querido hijos. James Maddox había tenido lo que había querido.

Su padre había sido un hombre exigente, reflexionó Brock. A veces, él se había resentido por el peso de la presión por satisfacerlo. Sabía que su hermano lo había pasado muy mal por sus exigencias, había decidido eludirlas y se había liberado. Lo cierto era que él lo admiraba por eso.

Brock siempre había sentido reverencia por su padre, sin embargo, nunca se había sentido cercano a él. ¿Quería tener el mismo tipo de relación con su propio hijo?, caviló, frunciendo el ceño.

–¿Qué pasa? –preguntó ella.

–Sólo estaba pensado –murmuró él.

–¿En qué? –quiso saber ella y le acarició el rostro.

–En ser padre. Estaba pensando en qué clase de padre quiero ser –contestó Brock–. Quiero ser distinto al padre que tú nunca tuviste. Y distinto del padre que yo tuve.

Elle tragó saliva.

—Vas a ser estupendo —afirmó ella con lágrimas en los ojos.

—¿Por qué estás tan segura?

—Sé que eres inteligente y que tienes mucha fuerza de voluntad. Pero también conozco algo de ti que la mayoría de la gente desconoce. Tú, Brock Maddox, tienes un corazón de oro.

Capítulo Nueve

Brock estaba revisando un informe para la campaña de Prentice, cuando sonó el interfono de su despacho.

–¿Sí?

–Flynn Maddox está aquí –informó su secretario.

Brock sonrió.

–Hazlo pasar.

Flynn irrumpió en su despacho.

–¿Cómo va la vida de casado?

–Podría preguntarte lo mismo –repuso Brock, se puso en pie y le dio una palmadita en la espalda a su hermano.

–No podría irme mejor –afirmó Flynn–. Sólo quiero darte las gracias por haber impedido que me divorciara hace años.

–Tus problemas matrimoniales eran, en parte, culpa mía y yo lo sabía –señaló Brock–, Me alegro mucho de que seas feliz ahora.

–Feliz como una perdiz. ¿Y tú?

Brock asintió.

–No me va mal.

Flynn lo observó con atención.

–¿Podrías estar mejor?

–No esperaba sentir lo que siento por ella. No sé cómo manejar mis sentimientos. Cada vez que intento proteger mi corazón, ella encuentra el modo de acceder a él.

Flynn sonrió.

—Me gusta cómo suena. Una mujer capaz de hacer perder el equilibrio a mi sólido hermano.

Brock maldijo.

Flynn rió pero, al instante, puso gesto serio y meneó la cabeza.

—Dudas de ella a causa de su abuelo, ¿verdad?

—¿No te pasaría lo mismo a ti? —preguntó Brock y comenzó a dar vueltas en su despacho. Sus dudas le hacían sentir como un animal enjaulado.

—¿Con Renne? —replicó Flynn—. No. Suena tópico, pero el amor es algo demasiado precioso. No debes resistirte a él, o puede que pierdas tu oportunidad para siempre.

Brock se emocionó, con un nudo en la garganta.

—¿Cómo lo hiciste tú?

—Después de perder a Renne la primera vez, supe que debía hacer todo lo posible para recuperarla. Pero no siempre se tiene una segunda oportunidad. Y no es fácil. Si necesitas una prueba, míranos a Renee y a mí. A pesar de que mamá ha hecho todo lo posible para separarnos, hemos conseguido superar todos los obstáculos.

—Tienes razón respecto a mamá —afirmó Brock—. También intentó envenenar a Elle en contra mía. Por eso, decidí que era mejor que viviera en otro sitio y le he comprado una casa.

Flynn silbó.

—Seguro que te costó un montón.

—Era necesario —repuso Brock—. Es una mujer infeliz y aburrida. Sólo espero que encuentre un marido rico que la entretenga.

—Yo, también —dijo Flynn—. Yo, también.

***

Cuando Brock se vio obligado a trabajar todo el fin de semana en la cuenta de Prentice, Elle decidió hacer algo. Preparó una cesta de picnic y se dirigió con ella a Maddox Communications.

–Soy Elle Maddox –saludó ella, sonriendo al guardia de seguridad–. Vengo a ver a mi marido –añadió y le enseñó la cesta–. Quiero darle una sorpresa.

–¿Me enseña su identificación? –preguntó el guardia.

Tras una pausa, Elle sacó su permiso de conducir.

–Aquí está –dijo ella y se lo tendió, sonriente.

El hombre revisó una lista.

–Un momento, por favor –dijo él y, teléfono en mano, se apartó un poco.

Qué curioso, pensó Elle mientras el hombre hablaba por teléfono. ¿Qué estaría pasando?

El guardia de seguridad regresó y asintió.

–Si puede esperar unos minutos…

Ella sintió un nudo en el estómago.

–¿Mi nombre no está en la lista de personas con permiso de visita?

–Sólo un momento –repitió el hombre, evitando responder.

Momentos después, se abrieron las puertas del ascensor y Logan Emerson apareció en el vestíbulo. Miró a Elle a los ojos mientras caminaba hacia ella.

–Señora Maddox –saludó Logan–. ¿Cómo está?

–Estoy bien –repuso ella, reconociendo al hombre que había destapado la mayor mentira de su vida. No podía culparlo y, al mismo tiempo, no podía evitar sentirse tremendamente humillada–. ¿Cómo está usted?

–Bien –contestó Logan y miró hacia la cesta que ella llevaba en la mano–. ¿La cena?

–Una sorpresa para mi marido.

El hombre asintió de nuevo.

–¿Le importa si echo un vistazo? –preguntó él–. Hace mucho que no veo una comida casera.

Elle no lo creyó, pero abrió la cesta.

–Sándwiches de pollo asado con queso y rábano, de pan integral, por supuesto, que es más sano. Y llevo pasta de trigo integral con tomate y pesto. Y pastel de chocolate con crema.

Longan se encogió un poco.

–No recuerdo cuándo fue la última vez que probé un pastel casero de chocolate con crema.

–¿Quiere éste?

–¿Es un soborno?

Ella afiló la mirada, furiosa, y levantó la barbilla.

–Hijo de perra –dijo ella–. Si no ha cambiado todas las contraseñas de la oficina, entonces no merece su puesto de trabajo. Y le diré a Brock lo mismo. Sólo he venido a cenar con mi esposo –añadió en voz baja y desesperada.

Logan le mantuvo la mirada durante un largo instante.

–Supongo que eso significa que no puedo quedarme con el pastel.

–Supone bien.

–Mi trabajo es proteger Maddox y a Brock –señaló él.

–Pues siga haciéndolo –replicó ella–. Mi trabajo

es cuidar de Brock y de nuestro matrimonio. Si le soy franca –añadió, bajando el tono de voz–, me alegro de que me cazara.

Logan parpadeó, en apariencia emocionado. Al momento, esbozó un gesto inescrutable.

–Puede pasar –le instruyó Logan al guardia de seguridad.

–¿Sólo por esta noche? –preguntó el guardia.

–No, siempre que quiera –repuso Logan–. Si alguien te hace alguna pregunta, habla conmigo –añadió, se giró hacia el ascensor y metió la tarjeta de identificación para que se abrieran las puertas. Entonces, extendió la mano, indicándola que entrara–. Señora Maddox, su esposo está atrincherado detrás de su escritorio. Necesita un descanso.

Sintiendo una extraña mezcla de gratitud y triunfo, Elle entró en el ascensor. Se detuvo un momento, sacó un pedazo de pastel de chocolate y se lo tendió a Logan.

–No le compromete a nada. No espero nada a cambio. Nada de sobornos –indicó ella–. Disfrútelo y encuentre a una mujer que le prepare pasteles de vez en cuando.

Elle apretó el botón del ascensor para ir al piso de Brock. Sosteniendo la cesta entre las manos, contó las plantas mientras subía. Al fin, llegó al piso privado de Brock y entró de puntillas. La luz estaba apagada. Brock y ella habían pasado muchas noches allí, recordó, sonriendo. Habían compartido comida china para llevar, risas y sexo del bueno. Recordó cómo lo había abrazado, sintiendo que él se relajaba entre sus brazos. Brock siempre estaba tan tenso, que para ella era un placer que se sintiera lo bastante cómodo a su lado como para descansar.

Esa noche, Elle esperaba poder ayudarle de la misma manera. La habitación estaba un poco fría. Miró a su alrededor y vio que todo tenía una fina capa de polvo y el aire estaba impregnado de olor a cerrado.

–Oh, cielos –murmuró ella y encendió la luz.

Si no fuera porque no podía creerlo, Elle habría sospechado que nadie había estado allí desde la última noche en que Brock y ella habían dormido juntos en ese lugar. No podía ser, se dijo, pasando un dedo sobre el polvo de la mesa. Entró en el dormitorio, donde la cama estaba pulcramente hecha y las mesillas estaban vacías. Entró en el baño y no había nada sobre la encimera. Tocó las cerdas del cepillo de dientes. Estaban secas.

Todo demostraba que Brock no había usado ese apartamento desde hacía mucho, lo que era un gran alivio para Elle. Le aterrorizaba la idea de que él la hubiera reemplazado. Todo indicaba que no había sido así.

Sacó una botella de vino de la cesta y sirvió un vaso. Inhaló su aroma con placer y se sirvió otro vaso de agua con gas. Sacó también varias velas de un armario y las encendió. Después de preparar el picnic sobre la mesa, bajó al despacho de Brock y llamó a la puerta.

No hubo respuesta. Llamó de nuevo.

–¿Sí? –respondió Brock desde el otro lado de la puerta–. ¿Quién es?

–Tu diabólica mujer.

De inmediato, Brock abrió la puerta y se quedó mirándola. Llevaba la camisa abierta, sin corbata, y parecía anonadado.

–¿Qué estás haciendo aquí?

–He traído la cena –dijo ella y lo besó en la mejilla.

–¿Dónde? –preguntó él, mirando sus manos vacías.

–Está arriba –respondió ella y sonrió–. Si puedes tomarte unos minutos de descanso…

Brock la miró a los ojos y bajó los párpados con un gesto muy sensual.

–No he estado en mi piso desde la última vez que estuvimos juntos allí.

–Lo sé –afirmó ella–. Es hora de que cambiemos eso, ¿no crees?

Él le tomó la mano y se la acarició.

–Suena bien.

Elle lo condujo escaleras arriba hasta su apartamento, donde había dejado velas encendidas.

–Muy bonito –admiró él.

–Espero que te guste la comida –señaló ella y lo guió a la mesita baja donde había preparado el picnic.

–¿Qué te ha impulsado a hacer esto? –preguntó Brock, mientras se sentaba a la mesa.

Ella se sentó también.

–Has estado trabajando hasta medianoche demasiado a menudo últimamente.

–Sólo una noche –señaló él y tomó uno de los sándwiches–. Oh, mi favorito.

–Han sido tres noches –le corrigió ella.

–¿Tantas? –dijo él, sorprendido. Le dio un mordisco–. Está delicioso. ¡Y has traído ensalada de pasta! –exclamó, le dio un trago al vino y suspiró–. Eres como un sueño hecho realidad.

–Cualquiera podría haberte traído sándwich de pollo asado con rábanos, ensalada de pasta y vino –opinó ella.

Brock meneó la cabeza.

–Nadie como tú –afirmó él.

–¿Cómo voy a resistirme a un cumplido así?

–Espero de corazón que no puedas resistirte –repuso él, se metió en la boca el resto del sándwich y le dio un trago al vino–. ¿Cómo está el dormitorio?

–¿Por qué voy a saberlo? –preguntó ella, mirándolo con picardía.

–¿No lo sabes? –preguntó él y se sirvió un poco más de vino.

–Creo que la cama necesita que la usen –comentó ella y bebió un poco de agua.

–¿Y tengo posibilidades de que quieras usarla conmigo?

Elle se inclinó y lo besó en los labios.

–Pensé que nunca me lo pedirías.

Cuando la luz de amanecer se colaba por las cortinas a la mañana siguiente, Brock se esforzó por espabilarse. Abrió los ojos e intentó concentrarse. Bostezando, comenzó a salir de la cama.

Elle lo detuvo, posándole una mano en la cintura.

–Es demasiado pronto –susurró ella.

–No puedo discutírtelo –repuso él y se giró hacia ella, abrazando su cuerpo caliente y sensual–. No puedo decidir si me parece un error o algo maravilloso que hayas venido a buscarme a la oficina.

Ella le acarició el pelo.

–Más te vale decir que es maravilloso.

Brock se rió y le recorrió el cuerpo con las manos, apretándola contra él.

–Maravilloso, sin duda –afirmó él y notó cómo su erección crecía. Maldijo para sus adentros.

Elle acercó sus dulces labios a la boca de él y frotó el pubis contra su erección.

–Oh, Elle, nunca me canso de ti.

Brock la sostuvo con firmeza y se deslizó dentro de ella. Húmeda y caliente, ella le dio la bienvenida. Elle gimió, haciendo que él se excitara todavía más.

–Brock –susurró ella–. Te necesito.

–Me tienes –prometió él, entrando más en profundidad–. En todos los sentidos.

Elle lo acogió en su interior aterciopelado, entre gritos de placer. El sonido de sus jadeos y su voz le volvió loco de pasión. La deseaba con toda su alma. La sensación de su sedosa calidez alrededor lo llevó cerca del clímax. Sólo con una arremetida más, sintió que el orgasmo lo recorría entre espasmos de placer.

–Elle –susurró él, hundiéndose en su interior.

–Oh, sí –dijo ella, aferrándose a él. Acercó los labios a su oído–. Me están dando ganas de mudarme aquí.

Brock rió.

–No podría terminar nunca el trabajo.

–Lo has hecho antes.

–Pero fue muy difícil. Eras una gran distracción para mí. Todos los días, estaba deseando que llegara la noche para poder escaparme contigo –comentó él–. Ahora que estás embarazada y eres mi esposa, mi deseo es casi más intenso.

–¿De verdad? –preguntó ella y lo miró con incredulidad–. No parece que te esfuerces mucho en llegar pronto a casa.

–La compañía está en un momento de transición. Pero eso cambiará pronto –prometió Brock. Estaba intentando cargar contra Golden Gate, pero no podía contarle eso a Elle. Quería hacerlo, pero sabía que ella estaba demasiado implicada emocionalmente. Sabía que su esposa se sentía, en cierta forma, en deuda con su abuelo. Eso le preocupaba y, muy pronto, esperaba poder eliminar ese obstáculo.

Elle suspiró.

–Hasta entonces, supongo que tendré que venir a rescatarte de vez en cuando.

–¿A rescatarme? –repitió él, preguntándose a qué se refería.

–Del trabajo –explicó ella–. Te traeré la cena y lo usaré como excusa para traerte a tu apartamento. Luego, ¿quién sabe qué puede pasar? –añadió, sonriendo.

Ese día, cuando Elle estaba colocando unas fotos en un marco para ponerlas en la sala de estar de casa, sonó el timbre de la puerta. Anna apareció en la sala de estar.

–La señora Maddox ha venido.

–¿Cuál? –preguntó Elle, arqueando las cejas. Esperaba que fuera Renee.

–Ah, lo siento. La señora Carol Maddox –repuso el ama de llaves.

–Aquí estás –dijo Carol, entrando en la sala. Sonrió al ama de llaves–. No hace falta que me anuncies. Somos familia. Has hecho muchos cambios en poco tiempo. La casa parece más despejada –señaló–. ¿Le gusta a Brock?

–Mucho. Intento crear una combinación de lo nuevo y lo tradicional. Bree me ha ayudado –explicó Elle.

–No sabía que fuera diseñadora de interiores.

–Tiene muy buen ojo –replicó Elle.

Carol se acercó y observó el marco con las fotos.

–¿Qué es esto?

–Una sorpresa para Brock. Sé que para él es muy importante el recuerdo de su padre, por eso quería poner estas fotos en un lugar donde pueda verlas a menudo.

–Ay, mira, yo también salgo en algunas –comentó Carol–. En el hospital y en la graduación de Brock. Pero no soy importante –añadió con tono mordaz–. Sólo soy la madre.

–He intentado centrar la atención en el padre de Brock. Creo que es un buen homenaje, con fotos de sus mejores momentos.

–Va a ser todo un reto encontrarlo en buenos momentos –murmuró Carol–. Pero no he venido por eso. Me doy cuenta de que aviso con poca antelación, pero yo también he estado muy ocupada decorando mi nueva casa. Por supuesto, nunca será tan impresionante y grande como ésta, aunque me gusta pensar que la he convertido en un sitio con clase. Voy a dar una pequeña fiesta de inauguración mañana por la noche, de siete a nueve, y quiero que Brock y tú vengáis.

Elle parpadeó.

–¿Mañana por la noche?

–No puedo creer que estéis ocupados. Sé que Brock sólo ha hecho una aparición en público contigo, así que…

Elle se sintió humillada. Carol estaba insinuando que Brock se avergonzaba de ella y de haberse casado.

–Se lo preguntaré. Está muy atareado con su trabajo.

Carol la miró con una mezcla de compasión y advertencia.

–Siempre lo estará. Intenta sacarlo de allí un ratito mañana por la noche. Quiero que vea mi nueva casa. Me avergonzaría si no viniera. Cuento contigo –apuntó Carol y sonrió–. Buena suerte con las fotos. Es un detalle muy bonito. Hasta pronto.

Elle le transmitió a Brock la invitación de su madre esa noche en la cena, cuando él al fin llegó a casa.

Brock se quedó petrificado, con el bocado a medio masticar.

–Tiene que ser una broma. De todas las maneras en que me gustaría pasar el poco tiempo libre que tengo, ésa está en el polo opuesto.

–Lo sé. Pero es tu madre –repuso ella–. Podemos quedarnos sólo un rato.

–Nunca trae nada bueno estar con ella –comentó él, apretando la mandíbula.

–No digas eso. Después de todo, tu padre os crió a Flynn y a ti estando con ella –comentó Elle, riendo.

Brock miró al techo con gesto de desesperación.

–Bueno, pues fue lo último bueno que salió de ella –se corrigió él–. No entiendo por qué te pones de su lado.

Elle se encogió de hombros.

–No es eso. Es tu madre. No va a vivir para siempre.

Brock se quedó en silencio un momento.

–Estás pensando en tu propia madre y en su problema de salud –adivinó él.

–No quiero tener cosas que lamentar luego –afirmó Elle–. Puede que tu madre sea una gran molestia, sin embargo, es quien te dio la vida. ¿Y quién sabe qué fue lo que pasó en realidad entre tu padre y tu madre? Hasta tú has dicho que él no le prestaba atención.

–De acuerdo. Iremos media hora –aceptó él.

Elle asintió y recordó las pequeñas insinuaciones desagradables que Carol le había hecho durante su breve visita.

–Estás muy callada –comentó Brock, observándola.

Ella le dio un trago a su vaso de agua con gas, sin querer desvelar sus inseguridades.

–¿Qué te pasa? –insistió él–. ¿Qué te ha dicho mi madre?

–No se ha quedado mucho tiempo.

–Lo suficiente para causar problemas –intuyó Brock–. ¿Qué más te ha dicho?

Sintiéndose acorralada, Elle se encogió de hombros.

–Sólo me ha recalcado que tú y yo sólo hemos asistido a un acto público en una ocasión. Tal vez, yo he pensado que quería decir algo más.

–¿Cómo qué?

–Como que te avergüenzas de mí –se atrevió a decir ella y se mordió el labio.

Brock puso gesto de incredulidad.

–Debes de estar bromeando.

–Bueno, tienes que admitir que nos casamos enseguida. Y estoy embarazada. Y era tu secretaria. Son el tipo de cosas que dan mucho que hablar –señaló.

–Te refieres a los cotilleos. La razón por la que he rechazado las invitaciones que nos han hecho últimamente es que quería que tuviéramos tiempo para hacernos a la idea de estar casados. Sobre todo, no quería que te sintieras más presionada. Ya has pasado bastante durante los últimos meses.

–¿Entonces, no te avergüenzas de mí?

Brock negó con la cabeza.

–Sólo quiero protegerte.

Una oleada de placer y excitación recorrió a Elle al escucharlo. Nunca había conocido a un hombre tan decidido a protegerla, algo que ella siempre había deseado en secreto desde niña. La entrega de Brock le llegaba al corazón y se preguntó cuánto tiempo podría seguir ella conteniéndose para no expresarle su amor. Y, cuando lo hiciera, ¿sería para él una carga o un regalo?

Elle se vistió con esmero para la fiesta de su suegra. No quería sentirse insegura, pero sabía que nada de lo que se pusiera podría cambiar eso. Se colocó el pelo por tercera vez y se puso un poco más de brillo de labios.

–Estás preciosa –observó Brock–. ¿Podemos irnos y terminar con esto de una vez?

Elle rió ante su impaciencia.

–Gracias y sí –repuso ella, caminando hacia él.

A Elle le gustaba sentir el contacto de la seda del vestido azul que se había puesto. Era como una suave caricia que le llegaba hasta las rodillas.

–Estás muy guapa con ese vestido –repitió su marido–. Resalta el color de tus ojos.

–Gracias –contestó–. Lo mismo digo de tu corbata.

Brock le lanzó una mirada de incredulidad.

–Ya, claro. Y la camisa blanca resalta mis ojos también.

–La verdad es que sí. Porque tienes la piel oscura. La camisa blanca resalta tu complexión y la corbata azul ensalza tus ojos azules.

–Si tú lo dices… –repuso él, encogiéndose de hombros.

–Y hay algo más que te queda genial.

–¿De veras? –preguntó él, sorprendido.

–Sí, de veras. Con la piel morena y el pelo oscuro, lo lógico sería que tuvieras ojos negros. Por eso, tus ojos azules son fascinantes. Muy atractivos.

–Me alegra saber que tengo una predisposición genética a resultarte atractivo –señaló él y le tendió el brazo–. ¿Nos vamos?

Quince minutos después, Dirk paró el coche delante de la nueva casa de Carol. Había un conserje sentado detrás de un mostrador a la entrada del bonito edificio.

–Por el precio que pagué por su casa, sabía que mamá no viviría en una chabola –murmuró él mientras le enseñaba su identificación al conserje.

–¿Lamentas habérselo comprado? –preguntó Elle, pensando que ella había sido la razón principal por la que Brock le había comprado a su madre la casa.

–¿Bromeas? Hubiera pagado el doble con tal de que se fuera de nuestra casa –aseguró él mientras entraban en el ascensor–. Ella era la razón por la que pasaba tantas noches en mi apartamento de la oficina. Pero tú has convertido la casa en un hogar para mí.

El corazón de Elle se llenó de calidez.

–Me alegro. Quería que te sintieras cómodo.

El ascensor llegó al piso de Carol.

–Aquí es –indicó Brock y se miró el reloj–. Dentro de treinta minutos, nos vamos.

Un momento después, la puerta se abrió y un mayordomo salió a recibirlos.

–Bienvenidos a la casa de la señora Maddox. Nos alegramos de que estén aquí. Por favor, entren y disfruten de la comida, la bebida y la compañía.

La madre de Brock lo llamó desde el otro lado de la habitación.

–Brock, cariño, ven con tu encantadora esposa. Quiero presentaros a algunas personas.

–Te lo advertí –le susurró Brock a Elle, rodeándole la cintura con el brazo, y se acercaron a su madre–. Hola, madre –saludó–. La casa está estupenda –observó, mirando a su alrededor–. No deja de sorprenderme lo mucho que eres capaz de hacer en muy poco tiempo.

Elle contuvo la risa, al darse cuenta de lo mucho que se había esforzado Brock para buscar algo amable que decir.

–Estoy de acuerdo –señaló Elle–. Ha quedado preciosa.

Carol resplandeció ante los halagos.

–Gracias a los dos. He estado trabajando día y noche para conseguirlo. Me gustaría presentaros a mis vecinos, los Gladstones. Eve y Bill, éste es mi hijo Brock y mi nueva nuera, Elle. Elle va a darme un nieto pronto –señaló e hizo una pausa dramática–. Estoy tan emocionada que no tengo palabras.

Brock le apretó con suavidad el hombro a su esposa.

–Nosotros también estamos entusiasmados, señor y señora Gladstone. Encantado de conocerles. Me alegro de que mi madre tenga buenos vecinos.

–Encantada –repitió Elle y extendió la mano para saludarles, un poco intimidada por la forma en que Carol había anunciado su embarazo.

–Es un placer –dijo Eva–. ¿Y cuándo nacerá el pequeño? ¿El año que viene?

Elle abrió la boca para responder, pero Brock se le adelantó.

–Ha sido un placer –dijo él y dio un paso al frente–. Voy a buscarle a Elle algo de beber –añadió y se alejó con su esposa–. ¿Nos vamos ya?

–No ha sido tan malo –comentó Elle–. Lo que pasa es que no esperaba que mencionara lo del embarazo.

–Así es ella. Inesperada –repuso él, tomando un vaso de vino tinto de la bandeja que llevaba un camarero–. ¿Puede traer un poco de agua con gas para mi esposa? –pidió.

El camarero asintió.

–Un momento –dijo el hombre y se dirigió a otra habitación.

Brock miró a su alrededor.

–Algunas cosas me resultan familiares.

–Claro. Tu madre se trajo algunas cosas de tu casa –informó Elle.

–Pero me ha mandado una factura desorbitante por la decoración.

Elle se encogió de hombros.

–Lo siento. No entiendo de eso. Yo suelo comprar en las rebajas.

–Pues tienes que dejar de hacerlo –replicó Brock con gesto suave.

–Espero que no. No tiene nada de malo ahorrar un poco el dinero.

–Un punto de vista al que no estoy acostumbrado. Muy refrescante –comentó Brock, ladeando la cabeza.

El camarero llegó con un vaso de agua con gas.

–Aquí tiene, señora.

–Gracias –dijo Elle–. Ha contratado unos camareros excelentes –murmuró cuando el hombre se hubo ido.

–Mi madre no podría conformarse con menos –señaló Brock con sarcasmo.

–¡Brock, cuánto tiempo! –llamó una voz femenina detrás de ellos.

Elle observó que el rostro de Brock se teñía por el dolor durante un instante, antes de mostrarse inexpresivo por completo.

–Claire –dijo él, en el tono más neutral que Elle le había escuchado emplear–. Qué sorpresa.

Elle miró a la rubia, alta y con una excelente figura y se le encogió el estómago.

–¿Claire? –repitió Elle, intentando recordar y, por desgracia, identificó su nombre al momento.

Claire era la antigua prometida de Brock.

Capítulo Diez

Aquella hermosa mujer recorrió a Brock con la mirada.

–Tienes buen aspecto –comentó Claire con voz seductora–. Te he echado de menos.

Su tono de coquetería irritó a Elle en extremo.

–No sabía que mi madre y tú siguierais en contacto –dijo Brock.

–Insistió en que viniera esta noche. Me dijo que estarías aquí –repuso Claire.

Él se aclaró la garganta.

–Claire, ésta es mi esposa, Elle.

Su exnovia parpadeó y abrió la boca, sorprendida.

–Pensé que era sólo un rumor –señaló Claire con voz triste y se giró hacia Elle–. Felicidades, Elle. Te has llevado a un hombre maravilloso.

–Lo sé –afirmó Elle y se obligó a tenderle la mano a la otra mujer–. Gracias. Encantada de conocerte.

–Es preciosa –comentó Claire, mirando a Brock–. Nunca pensé que fueras a elegir a alguien tan… –comenzó a decir y se interrumpió, encogiéndose de hombros–. Ahora recuerdo el rumor. ¿Estáis esperando un bebé?

Los tres se quedaron en silencio un momento, rodeados por los sonidos de las conversaciones de alrededor.

–Sí –contestó Brock–. Elle y yo estamos entusiasmados con la llegada de nuestro primer hijo.

Claire lo miró a los ojos y su mirada pareció decirle que ella podría haber sido la madre de su hijo en vez de Elle.

–Enhorabuena –les felicitó Elle–. Qué emocionante. Ah, allí veo a un viejo amigo. Excusadme.

–Claro –repuso Brock y tomó un largo trago de vino–. Quiero irme ya.

–Yo también –dijo Elle. Ya había tenido suficiente.

La madre de Brock los alcanzó justo cuando iban a salir.

–¿Tan pronto os vais? Acabáis de llegar –protestó Carol con un amago de puchero.

–Tal vez, si no hubieras invitado a mi exprometida y no hubieras olvidado decirle que estoy casado, podríamos habernos quedado cinco minutos más –le espetó Brock con la mandíbula tensa por el enfado.

A Elle le empezó a dolor el estómago. No sabía qué le producía más desasosiego, si el enfado de Brock, el intento de manipulación de su madre o haber visto a la hermosa exnovia de su marido.

Carol abrió los ojos, fingiendo inocencia.

–Yo creí que os gustaría veros. Es hora de olvidar los viejos rencores, ahora que estás casado –comentó Carol y le lanzó una mirada a Elle antes de volver a posar los ojos en su hijo–. A menos que ver a Claire te haya despertado viejos sentimientos…

Elle contuvo un grito de indignación.

–De eso, nada –aseguró Brock–. Lo único que estás haciendo es crear problemas. Has invitado a Carol para que Elle se sintiera intimidada.

Carol negó con la cabeza.

–Oh, no me digas. ¿Cómo podría Claire intimidar a Elle?

–Eso es. No puede –replicó Brock–. Elle es mi esposa y la madre de mi hijo. Claire pertenece al pasado. Estaría bien que lo recordaras. Buena noches –se despidió y salió con Elle por la puerta.

Quince minutos después, Elle y Brock llegaron a su casa. El ama de llaves los recibió.

–¿Queréis algo?

–No, gracias –dijo Brock.

–Yo estoy bien –contestó Elle.

–¿Estás segura de que no quieres un poco de agua con gas? –preguntó Anna, mirándola con una amable sonrisa.

–No, gracias –repitió Elle, sintiéndose desanimada por completo–. Tomaré una botella de arriba. Muy amable. Gracias.

Brock y ella subieron las escaleras al dormitorio. Elle se quitó los pendientes y el collar delante del espejo. Se sentía como una tonta. Había hecho un gran esfuerzo para estar guapa, pero la ex de Brock era demasiado impresionante. Estaba en otro nivel.

–¿Estás bien? –preguntó Brock.

–Podría ser modelo –comentó Elle.

–Eso no quiere decir que sea adecuada para mí.

–Pero era perfecta, hermosísima. Apuesto a que es inteligente, también. No deberías conformarte con nada menos. ¿Cómo es posible que…?

–Claire era muy exigente. Yo sabía que lo nuestro no podía funcionar.

Con el corazón encogido, Elle se giró hacia él.

–Y yo no soy exigente. Soy agradecida. Así que, tal vez, funcione.

–Vamos, Elle. Esto es exactamente lo que mi madre quería –la consoló Brock, caminando hacia ella.

Elle extendió las manos para impedirle acercarse.

–No, no. Necesito estar sola un momento. Unas horas, quizá –indicó ella y meneó la cabeza, luchando por controlar el dolor que la desgarraba por dentro–. Sé que te casaste conmigo porque estoy embarazada. ¿Pero esperas que me comporte como una mujercita agradecida que no exige demasiado?

–Claro que no –repuso él–. Siempre me has propuesto retos. Ésa es, en parte, la razón por la que no pude resistirme a ti. Me has calado muy hondo desde el principio. Rompí todas las reglas por ti, Elle. Si hubiera seguido mis propios preceptos, habría hecho que te cambiaran de puesto. Pero estar contigo… me hacía sentir como si hubiera encontrado mi lugar en el mundo –aseguró y se encogió de hombros–. Puedes creerme o no. Como quieras.

Ella lo miró a los ojos y supo que decía la verdad. Brock la amaba, aunque no estuviera preparado para decirlo con palabras todavía, pensó ella. Al mismo tiempo, la sorprendió y la consoló.

–Te creo –susurró Elle y se lanzó a sus brazos.

Brock la abrazó con fuerza.

–Mira, las dos próximas semanas van a ser una locura en el trabajo. Pero, después, tú y yo nos vamos a tomar un descanso y nos vamos a ir de vacaciones.

–¿A la casa de la montaña?

–Adonde tú quieras –afirmó él y le plantó un beso en la boca. Posó la mano en el vientre de ella–. Nunca antes había tenido tanto por lo que vivir. ¿Qué habré hecho para merecer algo tan maravilloso?

–Has tenido suerte –señaló ella y sonrió.

–Sí, así es.

A la mañana siguiente, Brock terminó las tareas que tenía pendientes más deprisa de lo habitual. A la hora de comer, llamó a Elle. Ella estaba comiéndose un sándwich con su madre y planeaba visitar a su abuelo esa tarde.

Lo último no le entusiasmó a Brock, pero se guardó su opinión.

–Nos vemos esta noche –dijo él.

–No trabajes mucho –repuso ella con una sonrisa.

A Brock se le ablandó el corazón al escuchar el dulce tono de su esposa. Siguió trabajando por la tarde a toda velocidad y sólo hizo una pausa cuando vio entrar en su despacho a Logan Emerson.

–Ha vuelto a filtrarse información –informó Logan con gesto solemne.

–¿Sobre qué? –inquirió Brock, lleno de frustración. ¿Quién más puede estar espiándonos?

–La cuenta de Prentice. Alguien le pasó a Golden Gate los archivos sobre el cliente.

Brock frunció el ceño.

–Sigo sin comprender de qué información estás hablando.

–¿Se ha llevado algo a casa? –preguntó Logan.

–Un *pen drive* y una carpeta, hace tres semanas –contestó Brock.

Logan arqueó una ceja.

–Suficiente para tener a Golden Gate informado.

Brock recordó que había dejado el *pen drive* y la

carpeta en su escritorio en casa, justo después de que Elle y él se hubieran casado. Se le cayó el alma a los pies.

Elle dio su aprobación a la cena, que consistía en el vino favorito de Brock, asado de ternera, patatas, brécol y pan. Aunque el ama de llaves se había ofrecido a hacerlo, ella encendió velas sobre la mesa y puso un jarrón con rosas en el centro. Nunca se había sentido más esperanzada, más enamorada. Ta vez, las cosas podrían salir bien, se dijo. Entonces, respiró hondo y rió de alegría. Pero debía calmarse, pensó. Sólo era una noche más de vida conyugal. Y lo cierto era que se sentía una mujer felizmente casada.

Cuando escuchó el ruido de pasos, se le aceleró el corazón. Brock había llegado. Levantó la vista, radiante por verlo.

–Bienvenido a casa –saludó ella.

El rostro de Brock estaba serio, sus ojos llenos de rabia. Tenía la mandíbula apretada y un gesto amargo en los labios.

–¿Cuándo le has contado a tu abuelo mis planes para la cuenta de Prentice?

Elle se quedó pálida. Meneó la cabeza.

–¿De qué estás hablando?

–Hace semanas, traje a casa un *pen drive* y una carpeta. Los dejé aquí un día. Un día entero –señaló él–. Muy tentador para ti.

–No tengo idea de qué estás hablando, Brock.

–No tienes por qué mentir. Me tienes bien atado. Estamos casados. No puedo hacer nada para castigarte por la información que me has vuelto a

robar. Sólo quiero saber cuándo lo hiciste. Es justo,
¿no?

Elle sintió náuseas.

–No le he contado a nadie nada. No sé de qué
estás hablando. Ni siquiera has querido hablar
nunca de la campaña de Prentice conmigo. ¿No lo
recuerdas?

–Lo recuerdo –respondió él–. También recuerdo que cometí un gran error al dejar el trabajo en
casa. Seguro que no pudiste resistir la tentación.

Elle negó con la cabeza.

–Te equivocas. Ni siquiera había visto esa carpeta ni el *pen drive.* Y, si los hubiera visto, no los habría
tocado. No podría engañarte nunca más. Quería
que hubiera sinceridad entre los dos. Tienes que
creerme.

–¿Por qué iba a creerte ahora? –preguntó él–.
Me engañaste durante meses mientras te estabas
acostando conmigo. Empiezo a preguntarme si el
embarazo no era también parte de tu plan. Tal vez,
pensaste que, si tenías un hijo mío, yo no podría
denunciarte por espionaje. ¿Me equivoco?

Elle se llevó la mano a la garganta, sintiendo
que le faltaba el oxígeno. Meneó la cabeza.

–No puedes pensar eso, Brock. Sobre nuestro
bebé. Sobre mí.

Él posó los ojos en el vientre de ella.

–Sé que, cuando se trataba de lealtades en con-
flicto, tú elegiste a tu abuelo.

–No, elegí a mi madre –gritó ella–. ¿Qué otra cosa
podía haber hecho? ¿Si tu padre hubiera estado enfermo y hubieras estado en la misma situación, de
verdad no habrías hecho lo mismo que hice yo?

–Yo nunca he estado en tu misma situación por-

173

que nunca me habría puesto a merced de nadie de esa manera.

Elle soltó un grito sofocado. Una mezcla de dolor y rabia la atravesó.

–Bueno, me alegro mucho que nunca te hayas sentido vulnerable. Me alegro de que nacieras en una familia privilegiada, fueras educado en los mejores colegios y te cayera del cielo un trabajo excelente.

–Luché mucho por mi trabajo –se defendió Brock–. Mi padre no me facilitó para nada mi entrada a Maddox.

–Pues me alegro por ti –repitió ella–. Sólo te diré algo. Si tuviera que hacerlo otra vez, tomaría la misma terrible decisión que tomé, porque la vida de mi madre dependía de ello. Siento haberte herido, porque me enamoré de ti. Sin remedio, sin esperanza. Pero el embarazo me tomó por sorpresa, igual que a ti.

Brock la miró sin un ápice de compasión.

–Ahora te conviene hablar de amor, cuando nunca lo habías mencionado antes. Felicidades por haberme engañado dos veces –le espetó él–. Esta noche, dormiré en mi apartamento, Elle. Buenas noches. Debe de ser agradable ser capaz de mentir y dormir a pierna suelta como haces tú –añadió, se dio media vuelta y se fue.

Elle tenía un nudo en la garganta. Quiso llamarlo para poder defenderse, pero le falló la voz. ¿Cómo podía creer él que había vuelto a engañarlo?

Porque lo había hecho antes, como él había dicho. Durante meses.

Entonces, ¿por qué iba él a creerla? ¿Qué pruebas tenía ella a su favor? La respuesta le dio náuseas y corrió al baño para vomitar. Luego, se apoyó en el lavabo, se aclaró la boca y se puso una toalla mojada con agua fría en la frente.

Elle intentó ponerse en el lugar de Brock. Con lo que había pasado, ¿habría pensado ella lo mismo de él?

Aunque Elle sabía que amaba a Brock y que nunca lo engañaría de nuevo, podía entender por qué él no era capaz de creerla. Al pensarlo, le quemaron los ojos y el corazón se le hizo pedazos. Sin poder contener los sollozos, empezó a llorar a pleno pulmón. Se abrazo a sí misma, sintiéndose destrozada.

De todas las cosas que había tenido en su vida, había perdido la más importante: el sueño de algo diferente para Brock, para ella y su hijo.

Elle no probó bocado esa noche. No fue capaz de tragar nada. Estaba tan conmocionada y sufría tanto, que no sabía qué hacer. ¿Debería irse? ¿Debería quedarse?

Se dio una ducha caliente para relajarse, se puso el camisón y se metió en la cama en el dormitorio de Brock. Cerró los ojos e inspiró, inhalando su aroma. Una nueva oleada de recuerdos la envolvió y no pudo evitar llorar otra vez. Había creído que no le quedaban lágrimas esa noche, pero se había equivocado. Al fin, exhausta, se quedó dormida.

A la mañana siguiente, se despertó con los ojos hinchados. De inmediato, se acordó de todo lo que había pasado la noche anterior y se cubrió la cabeza con las sábanas. ¿Había alguna manera de dar marcha atrás en el tiempo y arreglarlo todo?

No, a menos que fuera un genio o una bruja. Brock parecía más inclinado a creer lo segundo. Elle apartó la sábana y miró hacia la ventana. Otra mañana gris y nublada en San Francisco. Los lugareños conocían cómo era el verdadero clima de la zona. Niebla, niebla y más niebla. Ella salió de la cama y miró por la ventana.

Le dolía el corazón como si acabara de salir de una operación. Mordiéndose el labio, se dijo que tenía que decidir qué hacer. Si Brock la despreciaba tanto como parecía, entonces nunca volvería a confiar en ella. ¿Qué clase de matrimonio los esperaba? ¿Qué clase de padres serían para su hijo?

Elle se negaba a tener la misma relación con Brock que, en apariencia, habían tenido los padres de él. Eso no podía ser bueno para nadie. Por otra parte, sin importar lo que pasara entre Brock y ella, al menos el bebé tendría un padre. Eso ya era más de lo que ella había tenido.

La cabeza le daba vueltas y no podía parar de pensar. Imaginó cientos de posibilidades. ¿Qué podía hacer? ¿Cómo viviría? No le importaba volver a trabajar. En su situación, incluso le haría bien distraerse. ¿Pero intentaría Brock quitarle el niño? Ella nunca dejaría que eso sucediera.

Su estómago rugió, a pesar de que no había pensado en comer. Necesitaba alimentarse, se dijo a sí misma, al menos por el bebé. Se dio otra ducha, con la esperanza de quitarse de encima la sensación de suciedad que la cubría como una nube de contaminación.

Con un mar de posibilidades y decisiones rondándole la cabeza, bajó las escaleras. El ama de llaves la saludó con expresión preocupada.

–¿Va todo bien? Anoche no cenaron.

–El señor Maddox ha tenido un problema en el trabajo –repuso Elle, sin necesidad de mentir.

–Oh, qué lástima –se compadeció Anna, entrelazando sus manos en el regazo–. ¿Le preparo algo para desayunar?

–Gracias –dijo Elle–. Me gustaría algo suave. Tostadas con mermelada.

–Traeré huevos revueltos a un lado y avena, por si cambia de idea. Quizá, también un poco de fruta –indicó el ama de llaves–. Y un par de lonchas de beicon. El pequeño necesita proteínas.

Aunque Elle tenía el estómago encogido, consiguió comerse unos cuantos bocados de huevo, tostada y beicon. Tomó varios tragos de zumo de naranja recién exprimido y se despidió mentalmente de la idea de tener criados a su servicio. Si se iba a vivir sola, tendría que prescindir de ellos. Pero ésa no sería la mayor de sus pérdidas y lo sabía.

Decidió explicarle sus planes al ama de llaves después, cuando hiciera las maletas. Arriba, sobre la cama que había compartido con Brock, colocó dos maletas y empezó a guardar sus ropas. Encontró una caja para meter sus libros favoritos y algunos recuerdos que había traído de casa de su madre.

Entonces, oyó el timbre de la puerta, pero lo ignoró. Elle sabía que no podía quedarse en esas circunstancias. Brock nunca confiaría en ella y ella no podía obligarse a sí misma ni al bebé a vivir la miserable vida que los esperaba si seguían juntos por obligación. No podría soportar la amargura y el resentimiento, ni el efecto que el odio de Brock causaría en su hijo. Sólo de pensarlo, se derrumbó de nuevo.

–Ah, hola –saludó la madre de Brock desde la puerta del dormitorio–. Anna me dijo que estabas durmiendo la siesta, pero he oído ruido. Espero que no te importe que haya venido –añadió–. Sólo quería daros las gracias a Brock y a ti por venir a mi pequeña fiesta la otra noche –explicó e hizo una pausa, fijándose en las maletas y las cajas–. Oh, cielos, ¿no estarás pensando en irte?

Elle se mordió el labio.

–Brock y yo nos hemos dado cuenta de que no hacemos buena pareja, así que he decidido que es mejor que me vaya.

–Oh, querida –replicó Carol con tono compasivo–. Lo siento mucho –aseguró y entró en la habitación, vestida con un elegante traje de alta costura–. Pero lo comprendo, de veras. No todo el mundo está preparado para ser esposa de un Maddox. No estoy segura de que yo lo estuviera tampoco –confesó en voz baja–. Si hubiera sabido al principio lo que descubrí un año después de casarnos, no estoy segura de que hubiera… –comenzó a decir y se interrumpió, encogiéndose de hombros–. Bueno, ya sabes a qué me refiero. ¿Te ayudo a hacer las maletas?

Elle parpadeó, sin saber qué decir.

–Estoy segura de que es muy difícil para ti –señaló Carol, acercándose a Elle y tomando un libro entre las manos–. ¿Es tuyo?

–Sí –respondió Elle mientras su suegra lo guardaba en una caja.

–Siento mucho que las cosas no salieran bien entre Brock y tú pero, como te he dicho, lo comprendo –repitió Carol–. Entre la cuenta de Prentice y la amenaza de Golden Gate, Brock no puede ver con claridad. Parece que la cuenta de Prentice le exige trabajar las veinticuatro horas. Maddox está siempre volcada en sacar una nueva campaña publicitaria.

Elle se puso alerta.

–¿Una nueva campaña para Prentice? –preguntó Elle, fingiendo ingenuidad–. ¿Qué tenía de malo la antigua?

–Un cliente como Prentice, siempre está exigiendo cosas nuevas. La idea más reciente de Brock, sin embargo, va a costarles bastante dinero –explicó Carol y agarró un mono de peluche–. ¿Esto es tuyo?

–Era de mi madre –contestó Elle–. Lo tengo desde que era niña.

–Qué entrañable –comentó Carol y metió el mono en la caja–. ¿Esto es todo?

–No –repuso Elle–. Por curiosidad, ¿cómo sabes que estaban diseñando una campaña nueva para Prentice? Yo no sabía nada.

Durante una milésima de segundo, Carol se quedó paralizada, como si supiera que la habían sorprendido. A continuación, se encogió de hombros.

–Pensé que todos lo sabían.

–Por supuesto que no todos lo sabían –le rebatió Elle, cada vez más furiosa–. Sólo alguien que se hubiera enterado de los planes de Brock podría conocer lo del cambio de campaña. Y eso sólo pudo hacerlo alguien que tuviera la oportunidad de echar un vistazo al *pen drive* y a la carpeta que se dejó en casa el director de Maddox.

Carol soltó un grito sofocado.

–¿Qué estás diciendo?

–Hola, mamá –saludó Brock desde la puerta, sorprendiendo a las dos mujeres con su entrada.

Elle lo miró, preguntándose por qué habría vuelto a casa tan temprano. Brock le devolvió la mi-

179

rada, con ojos llenos de arrepentimiento y perdón. A ella se le encogió el corazón.

–Vaya, hola, Brock –saludó su madre, fingiendo alegría–. Qué sorpresa.

–Fuiste tú –acusó él, caminando hacia su madre.

Carol se encogió de hombros y se agarró a la mesa. De pronto, su aspecto se volvió frágil, observó Elle.

–¿De qué estás hablando?

–Tú espiaste mis documentos. Hiciste una copia de mi *pen drive*.

Carol volvió a encogerse de hombros, pero dio un paso atrás.

–¿Qué dices? ¿Qué documentos?

–Los documentos sobre la cuenta de Prentice. Los enviaste a Golden Gate –señaló él–. Querías que yo pensara que había sido Elle, pero fuiste tú.

–Pudo haber sido ella. Te mintió antes de que os casarais. Tu mujer podría haber hundido Maddox Communications –replicó Carol con ojos brillantes de miedo y furia.

–¿Por qué lo has hecho? –inquirió él–. Al final sólo saldrías perjudicada.

–Sabía que eras capaz de encontrar el modo de vencer a Golden Gate, pero tu matrimonio estaba amenazando mi futuro. Mira lo que ha pasado ya. ¡He tenido que mudarme a un pequeño piso! Y conozco el testamento de tu padre. Mis ingresos se verán afectados a causa de tu hijo bastardo.

Elle miró a la otra mujer atónita. ¿Cómo podía alguien ser tan malvado y vengativo? No podía comprenderlo.

Los ojos de Brock irradiaban furia, pero su voz sonó mortalmente calmada.

–Ya estoy harto de ti. No quiero verte nunca más. No te daré ni un centavo más. Siento que te hayas convertido en una mujer tan amargada, pero no quiero que contamines mi matrimonio. Ahora sal de aquí.

Carol lo miró con rabia e impotencia y salió de la habitación como un tornado. Sus pisadas resonaron en las escaleras y el portazo que dio al salir de la casa retumbó en las paredes.

Brock respiró hondo y miró a Elle.

–Estaba equivocado.

Elle casi tuvo ganas de reír.

–¿No me digas?

Brock se acercó a ella.

–Lo siento mucho. Debí haberte creído y, desde ahora, siempre lo haré –prometió él.

Elle apartó la vista y posó los ojos en sus maletas, buscando fuerzas para seguir con su plan de marcharse y labrarse una nueva vida para ella y su bebé.

–Tenemos una historia demasiado pesada a nuestras espaldas –susurró ella–. ¿Cómo vas a poder confiar en mí?

–Ya lo hago –aseguró él–. Incluso confié en ti cuando no debía. Cuando un profesional me dijo que estabas engañándome.

–¿Qué quieres decir?

–Obligué al investigador privado a darme pruebas de que vendías secretos a Golden Gate. Hasta que no me dio la prueba irrefutable, no lo creí.

A Elle se le llenaron los ojos de lágrimas.

–Odio haberte mentido. Me odio por eso.

–Tienes que perdonarte –repuso él–. Yo te perdono.

Elle levantó la vista, mirándolo a los ojos.

–¿Cómo podrías?

–Porque sé que lo hiciste lo mejor que pudiste. Sé que te torturaba y no te gustaba engañarme.

–Así es –afirmó ella–. Cuando te conocí, me enamoré de ti por completo. El plan de mi abuelo era que todo fuera cuestión de negocios, pero tú me llegaste al corazón. Eras todo lo que siempre había buscado en un hombre.

–Y tú eras todo lo que yo quería de una mujer, todo lo que pensé que nunca encontraría. Cuando hice el amor contigo, sentí que había encontrado mi lugar en el mundo –confesó Brock, tomándola entre sus brazos–. No sabía lo que era el amor antes de conocerte.

El corazón de Elle dejó de latir un instante.

–¿Amor?

Brock asintió.

–Amor. Estaba dispuesto a arriesgarlo todo por ti. Incluso Maddox Communications. Logan intentó persuadirme para que te denunciara, pero yo me negué. No era sólo por el bebé. Era por lo que sentía por ti. Sabía que nunca sentiría lo mismo de nuevo por otra persona. Cuando me dijiste que habías aceptado espiarme para que tu abuelo pudiera pagar el tratamiento médico de tu madre, tuve la esperanza de que, algún día, sintieras algo tan intenso por mí también.

–Lo siento –afirmó Elle–. Haría cualquier cosa por ti, Brock. Te amo. Más que a nada. Quiero construir una vida a tu lado.

–Entonces, quédate –pidió él y la besó en los labios–. Quédate para siempre.

Epílogo

Una banda de jazz tocaba en la fiesta de Maddox Communications. Estaban celebrando la fusión de Maddox y Golden Gate, con Brock como director. Elle abrazó a su abuelo. Después del infarto, su aspecto se había vuelto mucho más frágil.

–¿Estás bien? –preguntó ella.

Su abuelo sonrió.

–Así es como debía ser. Tu marido es el futuro de Maddox Communications y de Golden Gates Promotions. Mis hijos no tienen dotes para ello, pero Brock, sí.

Elle miró al otro lado de la sala, donde Brock charlaba con su hermano y se sintió llena de amor. Su relación no había hecho más que crecer durante las últimas semanas.

–Debería sentarme –dijo su abuelo.

–Claro –repuso ella, reprochándose no haberlo pensado ella misma–. ¿Quieres que te traiga algo de beber?

–Agua, por favor –pidió su abuelo y se sentó–. Ve a ver a tus invitados.

Elle lo besó en la frente. A pesar de todo el dolor y el sufrimiento que Athos había causado, también había sido quién la había unido a Brock y ella se lo agradecía.

Cuando hubo dado unos pocos pasos, Evan y Celia Reese la interceptaron.

–¿Cómo te va la vida con el director de la nueva compañía Maddox-Golden Gate? –preguntó Evan–. ¿Has conseguido ponerlo a raya?

Elle sonrió porque Brock se estaba esforzando mucho en pasar más tiempo con ella.

–Ja, ja. Vosotros dos tenéis muy buen aspecto. Me alegro mucho de que pudierais venir a la fiesta.

–No queríamos perdérnosla –repuso Celia y se colocó un mechón de pelo pelirrojo tras la oreja, mirando a su marido con afecto–. Hemos hecho una parada para venir. Mañana nos vamos a la riviera Francesa. Evan quiere ofrecerme una luna de miel que no pueda olvidar.

–Es complicado estar casada con alguien tan ambicioso, ¿verdad? –bromeó Elle.

Celia rió.

–Y que lo digas. Buena suerte con el bebé.

–Gracias –repuso Elle y se acercó a Brock. Su hermano y él estaban mirando sus respectivos teléfonos móviles con atención–. ¿Qué estáis haciendo? –preguntó, mientras la mujer de Flynn se unía al grupo.

–La competición de las ecografías –dijo Renee–. Puede que nosotros sepamos cuál va a ser el sexo de nuestro bebé, pero el vuestro está claro que será bailarín. Se le da muy bien mover el esqueleto.

Elle rió.

–¿Cómo te encuentras? –preguntó Elle a Renee.

–Emocionada –afirmó Renee, tocándose el hinchado vientre–. El médico dice que estoy a punto de salir de cuentas.

–¿Habéis pensado algún nombre?

–No sabemos cuál será el primero, pero yo quiero que Flynn sea su segundo nombre –contestó Renee.

–Me encanta –dijo Elle.

Renee asintió.

–Suena bien, ¿verdad? ¿Y vosotros?

–Sabremos si es niño o niña a finales de esta semana. Si es un niño, llevará el nombre del padre
de Brock.

Renee ladeó la cabeza.

–Tu madre tiene muy buen aspecto.

A Elle se le llenó de gozo el corazón al ver a su
madre a unos metros de distancia, siguiendo el ritmo de la música con el pie.

–Gracias. Ha llegado muy lejos.

–Por nuestras novias –brindó Flynn, chocando
su cerveza con la de Brock–. Las hemos elegido
bien, ¿verdad?

Brock miró a Elle y ella se derritió.

–No podría estar más de acuerdo –señaló Brock–.
Y yo he ganado la competición de ecografías.

–Eso es mentira –negó Flynn–. Yo conozco el
sexo de mi bebé y tú no.

Antes de que Brock pudiera contestar a su hermano, Jason Reagert y su esposa Lauren, embarazada también, se acercaron a ellos.

–Si estáis hablando de quién ganará la carrera,
Lauren y yo vamos a venceros a todos –indicó Jason,
que acababa de ser ascendido a vicepresidente.

Lauren estaba en su noveno mes de embarazo e
irradiaba felicidad y amor.

–Así es –dijo Lauren–. Nuestro niño puede nacer en cualquier momento.

–Deja de ponerme nervioso –dijo Brock–. ¿Hay
algún médico en la sala?

–No te preocupes, yo estoy bien preparado –aseguró Jason–. Tengo la bolsa para el hospital lista en el
coche.

Gavin Spencer, que antes trabajaba en Maddox y había creado su propia agencia, se acercó y le tendió la mano a Brock.

–Felicidades –dijo Gavin–. Espero que pueda hacerte la competencia pronto.

–Traidor –bromeó Brock, riendo.

Bree sonrió a su marido.

–No subestimes a Gavin –advirtió Bree con buen humor.

–Ni a ti –puntualizó Brock–. Elle dice que la has ayudado a redecorar la casa. Gracias.

–Fue un placer.

Brock respiró hondo y le acarició los hombros a su esposa. Ella percibió su excitación y supo que, cuando terminara la fiesta, acudiría a ella, en busca de su amor y su cariño. Al pensarlo, se sintió la mujer más satisfecha del mundo.

–Es hora del brindis –comentó Brock cuando alguien tocó una copa con un tenedor. Tras unos momentos, al fin todo el mundo se quedó en silencio–. Hacía tiempo que esperábamos esto. Golden Gate Promotions ha sido la joya de la corona de las agencias de publicidad de San Francisco, siempre levantando el listón para sus competidores. Me complace anunciar la fusión de Golden Gate Promotions y Maddox Communications. La fuerza combinada de las dos compañías creará una alianza imbatible de poder y talento. Por Athos Koteas –brindó y levantó su copa mirando al hombre que había sentado al otro lado de la sala–. Siempre admiraré su espíritu creativo. Y por mi padre, que construyó Maddox Communications partiendo de la nada. También brindo por mi esposa, Elle –añadió.

Sorprendida, Elle parpadeó, mirándolo.

–Sí, por ti –dijo él–. Le has dado a mi vida un significado más allá del trabajo. Me has dado un hogar a tu lado. Te amo.

A Elle se le llenaron los ojos de lágrimas.

–Yo también te amo –susurró ella.

Los asistentes aplaudieron.

–Escuchad –dijo Asher Williams, director financiero de Maddox Communications–. Melody y yo tenemos noticias también –informó y atrajo a su encantadora esposa a su lado–. Vamos a tener gemelos.

Todos le dieron la enhorabuena entre aplausos.

–Felicidades –dijo Brock y le tendió la mano–. Has estado muy ocupado.

–No más que tú –replicó Ash con una amplia sonrisa.

Walter Prentice, el cliente principal de Maddox, se acercó a ellos y le dio una palmada en la espalda a Brock.

–Estás haciendo un buen trabajo. Más que nunca, estoy seguro de que hemos firmado el contrato con la agencia adecuada.

–Me alegro de que pienses eso –le agradeció Brock–. Nos esforzaremos para que sigas sintiendo lo mismo. Señora Prentice –saludó, mirando a la esposa de Walter–. Gracias por venir esta noche.

Ángela parecía agobiada e infeliz, algo poco usual en la esposa de Walter.

–Felicidades por tu éxito –dijo Ángela–. Y por el bebé. Nunca subestimes la importancia de la familia.

Brock sintió un trasfondo de tristeza en sus palabras, pero sabía que no era momento de preguntar nada. Le estrechó la mano.

–No lo haré –aseguró él.

Flynn, el hermano de Brock, se lo llevó aparte.

—Discúlpanos —le dijo Flynn a Ángela—. Tenemos algo más por lo que brindar —añadió y le tendió a su hermano una cerveza.

—¿Qué? —preguntó Brock.

—¿Quién no ha venido esta noche? ¿Quién falta? —replicó Flynn.

Brock miró a su alrededor en la sala abarrotada y se encogió de hombros.

—¿No lo sé? ¿Quién?

—Mamá —repuso Flynn con una sonrisa.

—Oh, cielos, tienes razón —repuso Brock.

—Renne dice que ha encontrado a un hombre dispuesto a mantener el tren de vida al que ella está acostumbrada —informó Flynn.

—¿Cómo puede haber tenido tanta suerte?

—No lo sé, pero me niego a dudar del destino —señaló Flynn y chocó su cerveza con la de su hermano—. La bruja se ha ido…

—Sí —dijo Brock y le dio una palmada en la espalda a Flynn—. El año pasado, nunca podría haber imaginado que todo esto iba a suceder. ¿Y tú?

Flynn negó con la cabeza.

—Algunas cosas salen mejor de lo que uno espera.

Brock buscó a Elle con la mirada. Ella caminó hacia él.

Ella era su hogar. Él nunca había conocido el amor hasta conocerla a ella. Por suerte, la había encontrado.

—Es más de lo que podía haber soñando nunca —susurró Brock, abriéndole los brazos a su esposa.

—¿Estás pasando una buena noche? —preguntó ella, sonriéndole.

—Y me espera una vida todavía mejor —repuso él—. Gracias a ti.

Deseo™

Sin vuelta atrás

KATE HARDY

A Jake Andersen le gustaba trabajar en situaciones extremas, por lo que el frío helador de Noruega encajaba a la perfección con su estilo profesional. Pero con la compañía de Lydia Sheridan no tardaría nada en subir la temperatura... Jake quería tener una aventura pasajera con Lydia y a ella le iba a costar resistirse; resultaba difícil negarse cuando su cuerpo le pedía a gritos que se entregara. ¿Podría derretir el corazón de su jefe en sólo una semana? Con una pasión tan ardiente, cualquier cosa era posible.

Un viaje de negocios... y de pasión

Acepte 2 de nuestras mejores novelas de amor GRATIS

¡Y reciba un regalo sorpresa!

Oferta especial de tiempo limitado

Rellene el cupón y envíelo a
Harlequin Reader Service®
3010 Walden Ave.
P.O. Box 1867
Buffalo, N.Y. 14240-1867

¡Si! Por favor, envíenme 2 novelas de amor de Harlequin (1 Bianca® y 1 Deseo®) gratis, más el regalo sorpresa. Luego remítanme 4 novelas nuevas todos los meses, las cuales recibiré mucho antes de que aparezcan en librerías, y factúrenme al bajo precio de $3,24 cada una, más $0,25 por envío e impuesto de ventas, si corresponde*. Este es el precio total, y es un ahorro de casi el 20% sobre el precio de portada. !Una oferta excelente! Entiendo que el hecho de aceptar estos libros y el regalo no me obliga en forma alguna a la compra de libros adicionales. Y también que puedo devolver cualquier envío y cancelar en cualquier momento. Aún si decido no comprar ningún otro libro de Harlequin, los 2 libros gratis y el regalo sorpresa son míos para siempre.

416 LBN DU7N

Nombre y apellido _____ (Por favor, letra de molde)

Dirección _____ Apartamento No. _____

Ciudad _____ Estado _____ Zona postal _____

Esta oferta se limita a un pedido por hogar y no está disponible para los subscriptores actuales de Deseo® y Bianca®.
*Los términos y precios quedan sujetos a cambios sin aviso previo.
Impuestos de ventas aplican en N.Y.

SPN-03

©2003 Harlequin Enterprises Limited

Bianca™

Obligado por el deber, rendido al deseo...

Felicity Clairemont fue a España a reclamar su herencia. Desgraciadamente, eso significaba volver a ver a Vidal Salvador, duque de Fuentualba. El apuesto español siempre le había dejado muy claro la mala imagen que tenía de ella. La última vez que Vidal la vio, la deseó y la odió al mismo tiempo. Sin embargo, unos años después, el honor le exigía ayudarla. A medida que la verdad sobre la familia de Felicity se fue destapando, el poder de la atracción se hizo dueño de ellos. ¿Podría Vidal admitir alguna vez lo equivocado que había estado sobre ella?

Un verano tormentoso

Penny Jordan

Deseo™

Un amor impulsivo

CATHERINE MANN

¡Era imposible que él fuese el padre!
Carlos Medina sabía que no podía tener hijos, pero Lilah Anderson insis-
tía en decir que la noche que pasaron
juntos había dado como resultado un
embarazo. Y cuando ella se negó a
echarse atrás, su honor de príncipe le
exigió que reconociese a su heredero.
Cirujano, príncipe… a Lilah le daba
igual el pedigrí de Carlos. Ella nunca
había engañado a su amante, le había
entregado su corazón sin pedir nada
a cambio y Carlos quería casarse con
ella sólo por su hijo. ¿Era demasiado
pedir que le entregase también su
amor?

*¿Surgiría el amor a pesar del deber
y el honor?*